Fy Hanes i

Merch y Felin

Dyddiadur
Eliza Helsted, Manceinion, 1842-1843

Sue Reid

Addasiad
Meinir Wyn Edwards

GOMER

Argraffiad Cymraeg cyntaf – 2004

ISBN 1 84323 357 6

Hawlfraint y testun: Sue Reid, 2002 ©
ⓗ y testun Cymraeg: Meinir Wyn Edwards, 2004 ©

Teitl gwreiddiol: *Mill Girl*

Er fod y digwyddiadau a rhai o'r cymeriadau yn y llyfr hwn
yn seiliedig ar ddigwyddiadau hanesyddol a phobl go iawn,
cymeriad ffuglennol yw Eliza Helsted, a grëwyd gan yr awdur,
ac felly hefyd ei dyddiadur.

Cyhoeddwyd gyntaf gan Scholastic Children's Books,
Commonwealth House, 1–19 New Oxford Street,
Llundain WC1A 1NU

Cyhoeddwyd dan gynllun comisiynu
Cyngor Llyfrau Cymru.

Dymuna'r cyhoeddwyr gydnabod cymorth
Adrannau Cyngor Llyfrau Cymru.

Argraffwyd gan
Wasg Gomer, Llandysul, Ceredigion SA44 4JL

Ancoats, Manceinion, Lloegr
1842

Dydd Sadwrn, Ebrill 23, 1842

Es i ddim i'r felin heddiw. Rydw i'n arfer mynd i'r felin bob dydd Sadwrn, beth bynnag fo'r tywydd. Mae Dad o hyd yn dweud ei fod e'n hoffi gweld fy wyneb hapus. Cyn gynted ag y mae'r gloch yn canu, fe fydda i'n gafael yn fy siôl yn syth, y clocsiau'n clindarddach wrth i mi redeg i lawr y clos. Yna fe fydda i'n sefyll ar flaenau fy nhraed wrth y gât yn chwilio am Dad ynghanol y dyrfa sy'n dod allan yn un haid o'r felin. Pan mae'n bwrw glaw, mae'r gwragedd yn tynnu eu sioliau'n dynn am eu pennau ac mae'r dynion yn cerdded yn gyflym, gan dynnu coler eu cotiau dros eu clustiau. Mae'n anodd adnabod wyneb Dad bryd hynny.

Mae bron bob amser yn bwrw glaw ym Manceinion.

Gallwch weld waliau mawr, tywyll y felin o'n cwrt ni. Mae'r tai'n swatio o'i gwmpas mewn rhesi bychain, gefn wrth gefn. Weithiau fe fydda i'n cau fy llygaid yn dynn er mwyn cau'r olygfa o'm meddwl. Bydda i'n ceisio dychmygu awyr las, glir a chaeau gwyrddion, fel cefn gwlad lle treuliodd Tad-cu ei blentyndod. Ond pan fydda i'n agor fy llygaid unwaith eto mae'r felin yn *dal* yna. Rydw i'n casáu'r felin. Mae Mam yn ei chasáu hefyd.

7

Dyna un peth rydyn ni'n dwy yn cytuno arno. Ond dydw i ddim eisiau meddwl am y felin nawr. Nac am Mam. Nac am sut yr edrychodd hi ar Emmy pan adawodd hi. Edrych ar y llygaid mawr tywyll yn ei hwyneb gwelw, llygaid mor debyg i rai William – fy mrawd. Ond roedd William yn fwy na brawd i mi. Fe oedd fy ffrind gorau. Fe fu farw ddwy flynedd union yn ôl i heddiw.

Roedd golwg bell ar Mam. Fel petai hi mewn byd arall. Edrychais arni'n lapio'i siôl o gwmpas ei phen. "Mae'n ddrwg gen i, Eliza, fydda i ddim yn hir," meddai, ag un llaw ar y drws. Ddwedodd hi ddim lle roedd hi'n mynd, ond ro'n i'n gwybod. Ddwedais i'r un gair. Allwn i ddim. Dim ond edrych i lawr, gan geisio peidio â chrio, gan geisio peidio â meddwl am William, ac meddai Mam yn swta, "Dylet ti fod yn gofalu am dy chwaer fach."

Teimlais y fath siom wrth glywed ei geiriau, ac ar ôl iddi fynd rhedais i fyny'r grisiau. Ro'n i eisiau bod ar fy mhen fy hun. Doeddwn i ddim eisiau meddwl am William. Ddim am gofio sut roedd Mam wedi edrych ar Emmy. Ond er i mi geisio gwthio'r atgofion o'r neilltu roedden nhw'n dal i'm dilyn i, yn dal i fod yn yr un ystafell â mi. Roedd yn rhyw gysur y byddai Dad adref cyn bo hir ac y byddai popeth yn iawn. Ond roedd y teimlad trist ac unig yno o hyd, a do'n i ddim yn gallu anghofio am William. Ro'n i'n ysu am rywun i 'nghysuro.

A dyna pryd y cofiais am y dyddiadur. Rydw i wedi bod yn pendroni beth i'w wneud â'r llyfr a gefais i gan Miss Croom ddoe. Dwedodd hi y dylwn i ymarfer fy ysgrifennu ynddo, ond dydw i ddim yn credu y byddai llawer o ots ganddi petawn i'n dechrau dyddiadur. Gallaf ymarfer fy ysgrifennu trwy roi fy meddyliau a 'nheimladau i lawr ar bapur. Gobeithio y bydd yn ffrind da.

Eisteddais am eiliad, gan syllu ar y llyfr yn fy nwylo. Mae e mor hardd. Rydw i wrth fy modd yn edrych ar y tudalennau gwyn, mor lân a newydd, a theimlo'r ruban meddal glas sy'n eu clymu. Fues i erioed yn berchen ar unrhyw beth cystal â hwn. Ond y peth gorau oll amdano yw'r geiriau a ysgrifennodd Miss Croom mewn inc ar y dudalen gyntaf. Rydw i bron â byrstio gan falchder wrth i mi eu darllen.

I Eliza Helsted. Am wneud cynnydd ardderchog.
Ebrill 1842.

Dwedodd Miss Croom taw fi oedd ei disgybl gorau! Dwedodd petawn i'n dal ati, efallai y cawn i ei helpu hi gyda'r plant bach. Rydw i'n edrych ymlaen yn arw at ddweud wrth Dad a gweld y balchder yn ei wyneb. Fi – yn athrawes! Does neb yn ein teulu ni wedi gwneud hynny erioed o'r blaen. Eisteddais yno'n meddwl am ychydig. Yna cofiais fod y gloch wedi canu. Bydd rhaid gadael yr ysgrifennu am y tro, oherwydd bydd Dad yn ôl yn fuan a dydw i ddim wedi cael y dŵr yn barod eto er mwyn iddo gael ymolchi!

Mae'n hwyr wrth i mi ysgrifennu hwn ac mae Dad adre o'r diwedd. Roedden ni'n gwybod y byddai'n hwyr oherwydd galwodd Bob Wavenshawe heibio i'n rhybuddio. Pan glywais gnoc ar y drws neidiais i'w ateb, yn barod i gofleidio Dad. Cefais sioc wrth weld Bob yn sefyll yno. Rydw i'n dal i deimlo'n sâl wrth feddwl y bu bron i mi syrthio oddi ar stepen y drws ac i mewn i'w freichiau e! Roedd e wrth ei fodd! Fe rwbiodd ei fysedd melyn a gwenu'n gam. Mae'n gas gen i ei hen wên. Mae e fel petai'n gwybod pethau amdanoch chi – rhyw bethau allai eich cael chi i drwbl. Yr unig beth ddwedodd e oedd y byddai Dad yn hwyr, ond fe allwn i synhwyro rhyw olwg giaidd yn ei lygaid – rhyw deimlad y gallai ddweud llawer mwy pe bai e'n dymuno.

Bob yw ystofwr Dad – byth ers i William farw. Mae Dad yn dweud ei fod e'n weithiwr digon da ond credaf i ei fod wedi ei gyflogi ar dipyn o frys ac nad oedd yn gwybod yn iawn beth roedd e'n ei gynnig iddo gan fod popeth wedi mynd o chwith bryd hynny. Mae Bob braidd yn rhy hen i fod yn ystofwr, meddai Dad – mae bron yn 26. Dyw e ddim yn credu y bydd Bob fyth yn nyddwr fel fe. Mae hynny'n drueni, achos dydw i ddim eisiau iddo fe weithio rhagor gyda Dad.

Daeth Mam yn ôl yn fuan wedi i Bob adael. Edrychai fel petai wedi cael ei thynnu drwy'r drain – yn wan a blinedig. Pan ddwedais wrthi beth oedd neges Bob, clywais hi'n sibrwd rhywbeth fel 'yr hen Siartwyr 'na' o dan ei hanadl. Roedd hi wedi cynhyrfu braidd. Bob tro mae Mam yn flin gyda Dad, mae hi'n sôn am y Siartwyr. Mae Mam yn casáu'r Siartwyr, a phan fydda i'n ceisio gofyn pam mae'n dweud y byddan nhw'n achosi i Dad golli'i waith, ac y byddai'n well ganddi petai e'n treulio mwy o amser gyda'r undeb na gyda'r giwed Wyddelig yna. Ar adegau fel hyn rydw i'n gweld eisiau William yn fwy nag erioed. Roedd ganddo ddigon o amser i egluro pethau doeddwn i ddim yn eu deall yn iawn.

Galwodd Tad-cu arna i i rwbio ychydig o eli ar ei ddwylo. Roedd e'n eistedd mor dawel fel nad oeddwn wedi sylwi ei fod wedi dod 'nôl o dŷ Mrs Legg. Wrth i mi gydio yn ei ddwylo sibrydodd wrtha i'n dawel am beidio â becso gormod am Mam – wedi ypsetio oedd hi. Llwyddais i roi hanner gwên iddo. Tad-cu druan! Mae'n dioddef o'r gwynegon ac yn taeru fod eli Mrs Legg yn lleddfu'r boen.

Roedd Emmy a finnau newydd orffen gosod y bwrdd swper pan gyrhaeddodd Dad. Rhedais ato, yna cododd fi yn ei freichiau a'm cofleidio. Roedd ei ben a'i siaced wedi'u gorchuddio â fflwff y cotwm o'r felin. Cydiodd peth ohono yng nghefn fy ngwddf a gwneud i fi besychu. Ond doedd dim ots gen i – ro'n i mor hapus i'w weld. Sibrydais yn erbyn ei siaced yr hyn roedd Miss Croom wedi'i ddweud. 'Fy hogan glyfar glyfar i,' mwmialodd, gan afael yndda i'n dynn. Roedd sŵn balchder yn ei lais! Ond dyna ryfedd – pan edrychais arno doedd dim gwên ar ei wyneb ac roedd ei lygaid yn loyw, fel petai fy newyddion i wedi'i wneud yn drist a doeddwn i ddim yn deall pam. Dyna pryd y teimlais yr hen ofn yn pigo eto. Bron bob dydd Sadwrn ers tipyn rydw i wedi cael y teimlad arswydus yma wrth feddwl y bydd Dad yn dod adref a chyhoeddi ei fod e wedi cael ei hel o'i waith. Mae cynifer o'r melinau'n cau, a chynifer o nyddwyr yn colli'u swyddi. Wn i ddim beth fyddai'n digwydd petai Dad yn colli'i swydd.

Safai Mam yno, a'i breichiau ar led. 'Wel?' clywais hi'n dweud yn chwerw. Gollyngodd Dad fi ac yna'n araf, rhoddodd ei law yn ei boced. 'Wel nawr 'te'r hen hogan,' meddai'n ddwys. Daliais fy anadl wrth iddo estyn ei law i Mam. Roedd rhywbeth yn sgleinio ac yn tincial yng nghledr ei law – rhywbeth caled, llachar a disglair – ac fe anadlais yn rhydd eto. Doedd Mam ddim yn edrych yn rhyw hapus iawn, serch hynny, wrth iddi gyfri'r ceiniogau. Yna rhoddodd yr arian yn ofalus yn y potyn ar y silff ben tân lle mae cyflog Dad yn cael ei gadw.

Eisteddodd pawb wrth y bwrdd i fwyta'r cig moch a

thatws a cheisiais fy ngorau glas i beidio â syllu ar y lle gwag lle roedd William yn arfer eistedd. Ond pan daflais gip ar Mam sylweddolais ei bod hi'n syllu arno hefyd. Ac wrth i mi feddwl am hynny nawr, rwy'n gallu teimlo'r dagrau'n cronni unwaith eto.

Dydd Sul, Ebrill 24

Roedd rhyw sŵn wedi fy neffro i'n gynnar y bore 'ma. Codais o'r gwely i wrando, ond daeth sŵn gwichian y styllod o dan fy nhraed a chlywais "sh" sydyn ac yna ddistawrwydd, cyn clywed rhyw rymblan isel eto o gyfeiriad yr ystafell drws nesa. Wedyn chlywais i ddim byd, er bod y wal mor denau â phapur. Dim ond un stafell oedd yn arfer bod yn y llofft – rhannodd Dad hi'n ddwy ar ôl i ni ddod i fyw yma. Un iddo fe a Mam a'r llall i Emmy a fi. Mae Tad-cu yn cysgu ar y sgiw lawr grisiau. Mae e'n dweud nad oes ots ganddo ei bod hi'n galed.

Rwy'n meddwl i mi syrthio i gysgu wedyn oherwydd pan ddeffrais a mynd i lawr y grisiau roedd Dad wedi mynd allan ac roedd llygaid Mam yn goch. Roedd Emmy a fi'n sleifio o'i chwmpas fel llygod bach. Teimlo'n ddiflas. Dim ond ar ddydd Sul y gallwn ni i gyd fod

13

gyda'n gilydd fel teulu, ond prin fod Dad adre o gwbl nawr. Pan dyw e ddim yn y felin, mae e allan ar "fusnes". Dydw i ddim yn siŵr iawn pa fath o fusnes, ond fe alla i ddyfalu gan fod Mam mor grac! Ac yna deffrodd Tad-cu'n sydyn gyda rhyw sŵn tuchan – gan wneud pethau'n waeth am ryw reswm. "Dyna un arall wedi mynd," mwmialodd, gan edrych ar y lle gwag lle dylai Dad fod yn eistedd. "Mae llawer un wedi ei ddal gan y diafol . . ." ychwanegodd. Edrychodd Emmy a fi arno'n gegrwth – ond rhoddodd Mam edrychiad iddo a wnaeth iddo gau ei geg. Gallai un edrychiad gan Mam wneud i unrhyw un grynu yn ei sgidiau, hyd yn oed Mr Thomas, meistr y felin.

Es i draw at Tad-cu a dal ei law, gan deimlo'r bysedd cam a'r croen rhychiog, sych. Gwenodd arna i a gwasgu fy llaw, ac unwaith eto ro'n i'n synnu at ei gryfder. Roedd Tad-cu'n arfer bod yn nyddwr ond doedd e ddim yn gweithio yn y felin fel Dad – arferai weithio adre wrth ei ffrâm wau yn ei fwthyn bach. Roedd pawb yn edmygu'r lliain a wnâi Tad-cu – wel, yn ôl Tad-cu o leia! Eisteddais wrth ei ochr i wrando arno'n hel atgofion am ei fywyd yn y wlad. Mae'n stori mae e wedi'i hadrodd droeon ond fydda i byth yn blino gwrando arni. Sut y dechreuodd drwy helpu ei dad wrth y ffrâm wau pan oedd e prin yn gallu cerdded. Soniai â balchder am y wats aur a wisgai ei dad pan fyddai'r teulu'n mynd i'r capel. Am y bwrdd

mahogani a'r cloc sgleiniog ar y silff ben tân, a'r dresel
yn llawn llestri tseina. Chwerthin fydd Dad bob tro y
bydd Tad-cu'n dweud y stori. Mae Dad yn dweud ei fod
wedi anghofio pa mor anodd oedd hi'r adeg honno. Ble
mae'r holl lestri tseina erbyn hyn? gofynna.

Ond o – fe hoffwn i fyw yn y wlad. Gallai Tad-cu
synhwyro sut ro'n i'n teimlo oherwydd winciodd arna i a
hercio draw at y dresel. Gan duchan ychydig, agorodd y
drôr waelod a thynnu llyfr allan. Dyw e ddim yn llyfr go
iawn – dim ond darnau o bapur wedi'u clymu gyda'i
gilydd. Mae'n llawn o flodau sych – roedd Tad-cu wedi
eu casglu a'u gwasgu flynyddoedd maith yn ôl o'r caeau
o gwmpas y bwthyn a rannai gyda Mam-gu. Wrth iddo
agor y llyfr eisteddais yn nes ato a daeth Emmy hefyd i
edrych dros fy ysgwydd. Rhoddodd Mam, hyd yn oed, ei
gwaith o'r neilltu am funud a dod draw i edrych, â golwg
fwynach yn ei llygaid. Mae'r wlad yng ngwaed ein teulu
ni. Nid pobl y dref ydyn ni yn y bôn.

Dydd Sul, Ebrill 25

Ysgol heddiw. Fel arfer rwy'n hapus iawn yno, ond
wrth gerdded yno bore 'ma gan hanner tynnu Emmy y tu

ôl i mi sylweddolais fod Mam wedi anghofio'n ceiniogau. Nid dyma'r tro cyntaf chwaith, cofiwch! Teimlais gymaint o gywilydd 'mod i wedi dod yn waglaw heddiw eto nes i mi sleifio i fewn tu ôl i Emmy ac eistedd ar y fainc hanner-gwag yn y cefn, lle ro'n i'n arfer eistedd pan oedd yr hen Miss Pedlar ddoniol yn ein dysgu. Plygais fy mhen a ddwedais i'r un gair drwy'r bore.

Pan oedd y gwersi drosodd, brysiais draw at Emmy a'i llusgo allan yn sydyn. Dydw i ddim wedi bod ar gymaint o frys i adael yr ysgol ers oesoedd. Wedyn, fe fues i'n helpu Mam gyda'r golch ac yna anfonodd hi fi i lawr at Mr Owen i nôl gwerth dime o de a siwgr, a dweud wrtha i am ddweud wrth Mr Owen y byddai hi'n talu ddydd Sadwrn nesa. Wn i ddim beth sy'n bod arni y dyddiau hyn – mae hi mor flin ac anniddig. Ro'n i'n falch o gael mynd allan o'r tŷ. Rwy'n hoffi mynd i lawr at Mr Owen. Rhaid cerdded ar hyd Stryd Great Ancoats i'w gyrraedd. Mae'n dipyn o waith cerdded, cofiwch. Ond rwy'n mwynhau, yn enwedig gyda'r nos pan mae digon o fynd a dod ymhobman; mae oglau ceffyl yn yr aer – gallwch ei ogleuo ymhell cyn gweld yr un ceffyl, mae'r arogl mor gryf – ond mae'n well gen i'r oglau ceffyl na'r hen oglau sydd yn ein cwrt ni. Ar ôl cyrraedd, mae'n rhaid bod yn wyliadwrus oherwydd weithiau dyw'r certmyn a'r cerbydwyr ddim yn eich gweld. Yna, pan mae cloch y felin yn canu, mae golau'n cynnau yn y palasau gwirod a'r tafarndai a rhaid osgoi'r rheini hefyd.

Ond y peth gorau gen i yw gweld y siopau bach yn agor eu drysau am y nos. Mae pob math – cigyddion a chryddion, siopau defnyddiau a thobaco, gwerthwyr losin, teilwriaid, gwystlwyr a stordai mawr y dynion hel rhacs. Rhai'n codi cloriau'r ffenestri ac eraill yn cloi'r drysau am y nos. Yna, y tu ôl i'r cyfan – bob 20 neu 30 llath – y melinau gwlân anferth, tywyll a'r warysau. O gornel fy llygad gallaf weld golau'n treiddio drwy'r cannoedd o ffenestri bach fel llygaid yn eich gwylio, ar chwe llawr, ond mae rhai o'r melinau fel petaen nhw'n dalach, y simneiau main yn diflannu i'r niwl. Hyd yn oed o'r fan hyn gallwch glywed y sŵn rhuglo a bwrlwm injan stêm, ac rwy'n dyheu am ddiwedd dydd er mwyn i'r peiriannau stopio – oherwydd bryd hynny mae'r awyr fyglyd yn clirio ychydig a dyw fy llygaid i ddim yn cosi gymaint. Ond heddiw, er bod sŵn y peiriannau'n dal i ruo, doedd hi ddim mor swnllyd ag arfer; doedd dim cymaint o bobl ar hyd y strydoedd ac roedd ambell siop yn edrych fel petai hi ddim yn mynd i agor o gwbl. Ond roedd digon o bedleriaid yn heidio o 'nghwmpas i fel gwenyn at bot jam, yn gwthio'u cacennau a'u losin o flaen fy nhrwyn – roedd hynny'n waeth na'r plant bach yn tynnu ar fy sgert i. Ond o! Oglau'r bara sinsir! Fe wnawn i unrhyw beth er mwyn cael darn ohono – roedd ei weld a'i arogli'n gwneud i mi deimlo mor llwglyd.

Er mwyn mynd at Mr Owen, rhaid i mi droi i ffwrdd cyn bod Stryd Great Ancoats yn cyrraedd Heol Oldham a'r rheilffordd. Dyna ble mae'r Gwyddelod i gyd yn cwrdd. Siartwyr ydyn nhw bob un, yn ôl Mam. Roedden nhw'n gyffro i gyd heno, eu breichiau'n chwifio a'u llygaid yn fflachio. Faswn i wedi hoffi aros i wrando, ond wrth i mi eu pasio nhw roedd yn anodd deall beth oedd eu sgwrs oherwydd roedd cymaint ohonyn nhw'n siarad ar draws ei gilydd. Fe winciodd un arna i ac allwn i ddim peidio â gwenu'n ôl arno. Rydw i'n eu hoffi nhw.

Wedi gweld cynifer o'r siopau wedi cau, meddyliais a fyddai Mr Owen ar agor ai peidio. Ond wrth i mi droi i mewn i'r stryd gwelais e ar garreg y drws a chaeadau ei ffenest ar agor. Dilynais e i mewn i'r siop a rhoi neges Mam iddo. Cwyno wnaeth Mr Owen. Rhoddodd y te a'r siwgr i mi, ond doedd dim golwg hapus iawn arno.

Cerddais adre y ffordd hir, ar hyd y gamlas, gan wylio'r cychod yn llithro ar hyd y dŵr tywyll, llysnafeddog, yn cario glo a bwndeli o gotwm o'r melinau. Roedd pobl ar eu cwrcwd ar lannau'r gamlas, yn llenwi eu bwcedi â'r dŵr seimllyd; wn i ddim sut y gallan nhw. Weithiau mae'r dŵr ger y glannau'n wyrdd ac ewynnog gyda'r gwastraff afiach sy'n llifo allan o'r lliwdai. Mae ias yn mynd lawr fy asgwrn cefn wrth eu gwylio. Rydw i'n falch fod tap yn ein stryd ni.

Ro'n i newydd gyrraedd adre pan glywais y synau rhyfedda – rhyw rymial a chnocio o dan fy nhraed. Roedd e'n gwneud i'r ddaear i gyd grynu. Yna, mor sydyn ag y dechreuodd y synau, dyna nhw'n stopio. Agorodd drws y Brighams a cherddodd Jack Brigham allan, a bwced yn ei law. Roedd ôl baw ac olew ar ei wyneb a gwyliais e'n rhedeg at y tap i ymolchi. Dyn a ŵyr sut y gwnaeth e ei hunan mor frwnt!

Dydd Mawrth, Ebrill 26

Eistedd yng nghefn y dosbarth heddiw eto. Edrychodd Miss Croom yn rhyfedd arna i pan welodd fi'n eistedd yno, oherwydd dyna lle mae plant y felin yn eistedd ar ôl gorffen yn y gwaith. Does dim llawer o waith yn cael ei gyflawni ar y fainc honno; mae'r rhan fwyaf o'r plant yn hepian cysgu'n syth ar ôl eistedd. Ddwedodd hi ddim byd chwaith, er i mi weld ei haeliau hi'n codi. Yn syth ar ôl i'r gwersi orffen, rhuthrais allan, ac Emmy'n sgipio y tu ôl i mi. Rydw i'n sylweddoli y dylwn i atgoffa Mam am arian yr ysgol, ond heno doedd gen i ddim digon o blwc.

Ond fe fydd rhaid i fi rywbryd a hynny'n fuan. Fedra i ddim cuddio ar y fainc gefn am byth.

Dydd Mercher, Ebrill 27

Cefn y dosbarth eto. Pan orffennodd y gwersi daeth Miss Croom yn syth at y fainc a holi a oedd unrhyw beth o'i le. "Wyt ti'n iawn, Eliza?" gofynnodd, gan eistedd nesa ata i. Teimlwn mor euog wrth weld y tosturi ar ei hwyneb. "Mae'n amser hir ers i ti eistedd fan hyn." Ro'n i'n methu siarad. Do'n i ddim yn gwybod beth i'w ddweud. Clywais hi'n ochneidio. "Ti yw fy nisgybl gorau i, Eliza," meddai, "ond mae dy waith di'r wythnos hon yn wael a diofal. Oes rhywbeth yn dy boeni di?" Gwingais wrth glywed ei geiriau. Eisteddais yno'n dawel. Beth allwn i ddweud? Pam na fuasai hi'n gadael llonydd i mi? "Dydw i ddim am dy weld di'n gwastraffu dy allu," meddai o'r diwedd. Yna atgoffodd fi'n dawel bach nad o'n i wedi dod â'r ceiniogau i dalu am yr ysgol. Pythefnos sydd arnon ni iddi, meddai. Roedd cymaint o gas gen i nes i mi gochi hyd at fy nghlustiau a chlywais fy hun yn addo y byddwn i'n dod â nhw fory. Gobeithio na fydd rhaid i mi dorri fy addewid.

Mae'n hwyr, ond mae'n rhaid i fi ddweud hyn wrthoch chi er 'mod i'n cael trafferth ysgrifennu'r geiriau. RYDW I'N GADAEL YR YSGOL – ac Emmy hefyd. Ond does dim ots gan Emmy – dydy hi ddim yn poeni am y peth fel fi, ac fe ddawnsiodd hi o gwmpas yr ystafell ar ôl i Mam ddweud wrthon ni. Allai Dad ddim edrych arna i. Syllai ar y llawr, yn chwarae â'i gap wrth ddweud nad oes arian gyda ni i'w sbario. Doedd hi ddim yn deg fod Miss Croom yn gorfod aros am ei harian rhagor. Ddwedais i'r un gair. Es i fyny i'r llofft gan ddal fy mhen yn uchel. Gallwn deimlo eu llygaid arna i, ond edrychais i ddim 'nôl. Do'n i ddim am ddangos iddyn nhw faint ro'n i'n poeni. Daeth Mam i fyny ata i'n nes ymlaen ond fe drois i fy mhen y ffordd arall ac esgus cysgu. Clywais hi'n gosod bara ceirch a llaeth enwyn ar bwys y gwely. "Mae'n ddrwg gen i, Eliza fach," meddai'n dyner, "ond meddylia. Rwyt ti'n dair ar ddeg erbyn hyn. Mae'r rhan fwyaf o ferched wedi gadael yr ysgol ac wedi dechrau gweithio erbyn yr oed yna. Beth bynnag, doeddet ti ddim yn disgwyl aros yn yr ysgol llawer mwy, oeddet ti?" Fe allwn glywed ei hanadlu tawel wrth iddi aros am fy ateb. Ro'n i'n sylweddoli ei bod yn llygad ei lle ond doedd dim ots gen i. Ro'n i am iddi fynd o 'ngolwg i. Gorweddais yno'n llonydd ac o'r diwedd clywais hi'n cerdded allan o'r stafell ar flaenau ei thraed.

Alla i ddim dioddef meddwl fod rhaid i mi adael, ond

nid dyna'r unig beth oedd yn gwneud i fi deimlo mor ofnadwy. Pam nad oes digon o arian yn dod i mewn i'r tŷ, cyn lleied nes bod rhaid i Emmy, hyd yn oed, adael ysgol? Mae Dad yn dal i weithio yn y felin. Codi ac allan o'r tŷ erbyn 5.30 bob bore – ar wahân i ddydd Sul. Dwi'n methu deall pam na ddwedan nhw wrtha i beth sy'n bod. Maen nhw'n mynd ymlaen ac ymlaen am ba mor hen ydw i ond d'yn nhw ddim yn ymddiried yndda i. Os ydw i'n ddigon hen i adael yr ysgol a dechrau gweithio, pam nad ydw i'n ddigon hen iddyn nhw ddechrau ymddiried yndda i? Teimlo'n rhy siomedig i ysgrifennu mwy.

Dydd Iau, Ebrill 28, 1842

Fy niwrnod olaf yn yr ysgol. Fe es i dan lusgo 'nhraed. Dwi erioed wedi cerdded yno mor araf. Tynnodd Emmy fy llaw i geisio fy nghyflymu. Fe allwn i synhwyro ei bod hi'n ysu am gael dweud wrth ei ffrindiau mai dyma ei diwrnod olaf *hi*. Dwi erioed wedi ei gweld hi mor awyddus.

Ar ôl cyrraedd yno rhedodd Emmy i mewn yn syth, ond arhosais i tu allan am ychydig. Syllais am amser ar y waliau brics coch – roedden nhw'n ddu gan fwg, yn union fel pob adeilad arall yn Ancoats. Ro'n i'n teimlo fel pe bai gât fawr yn cael ei chau yn fy wyneb.

Roedd y gwersi wedi dechrau erbyn i fi sleifio i mewn a mynd i eistedd yn fy hen le ar y fainc flaen. Wrth i fi eistedd i lawr, sylwais cyn lleied o ddisgyblion oedd o 'nghwmpas i. Gwnes farc caled ar fy llechen ac fe dorrodd y sialc yn ddarnau mân a rholio ar hyd y llawr. Gadewais y darnau yno ar y llawr ac edrych allan drwy'r ffenest. Dwi ddim yn credu 'mod i wedi gwrando dim drwy'r bore. Ar ôl i'r gwersi orffen fe es i at Miss Croom, rhoi'r arian oedd arnon ni iddi a chyhoeddi na fydden ni'n dod 'nôl. Aeth fy wyneb yn goch ac yn boeth. "O, Eliza," meddai. "Mae cymaint o'm disgyblion gorau wedi gorfod gadael yr ysgol; does dim rhaid i ti deimlo cywilydd."

Ond ro'n i'n teimlo cywilydd. Allwn i ddim gwrando rhagor. Gafaelais yn llaw Emmy a'i thynnu o'i sedd. Wnes i mo'i gadael hi'n rhydd nes ein bod ni wedi mynd allan o'r adeilad, er i Emmy sgrechian 'mod i'n ei brifo hi. Edrychais i ddim 'nôl. Ddim unwaith.

Cefais gerydd gan Mam pan welodd hi wyneb Emmy wedi chwyddo gan ddagrau, ac yna llifodd yr holl ddagrau ro'n i wedi bod yn eu dal 'nôl. Pam mae hi'n ochri gydag Emmy bob tro? Pam dyw hi byth yn deall sut ydw i'n teimlo? Ac wrth i mi gofio pa mor hy oeddwn i wrth Miss Croom, teimlais hyd yn oed yn waeth. Nid ei bai hi yw fy mod i'n gorfod gadael yr ysgol, nage? Teimlo cywilydd mawr.

Dydd Gwener, Ebrill 29

Teimlad trwm yn fy stumog pan ddeffrais y bore 'ma. Doedd dim brys arna i i godi, a phan alwodd Emmy arna i i gael brecwast cymerais arnaf nad o'n i wedi ei chlywed. Yna daeth Mam i waelod y grisiau a gweiddi arna i. "Rhaid gosod y tân ac mae llawer o waith trwsio i'w wneud," meddai. Tynnais wyneb. Os oes gas gen i unrhyw beth, gwnïo yw hwnnw.

Daeth Dad adre am ginio heddiw. Arhosodd e ddim yn hir chwaith, dim ond llowcio llwyaid neu ddwy o bastai datws ar ei draed, er bod Mam wedi gofyn iddo eistedd i lawr a bwyta'n gall gan fod golwg mor flinedig arno. Fel y digwyddodd, dod adre wnaeth e i'n rhybuddio ni fod 'na drwbwl yn y dre. Mae rhywun wedi ymosod ar y siop fara, meddai Dad, a rhaid bod yn ofalus pan awn ni allan. Gwelais Mam yn edrych yn bryderus ar Emmy. Dyw hi ddim yn stopio poeni amdani hi. Os bydd hi'n bwrw glaw gallai ddal annwyd, neu os bydd hi'n sych gallai ddal rhywbeth gwaeth oddi wrth y drewdod yn y clos. Mae ganddi bryder arall nawr i'w ychwanegu at ei rhestr – y perygl o gerdded strydoedd Ancoats. Ond mae Emmy'n blentyn cryf ac iach. Anaml iawn y bydd hi'n sâl – dyw hi ddim yn fregus fel roedd William.

Dydd Sadwrn, Ebrill 30

Sadwrn arall – ein diwrnod glanhau. Nid yn unig yn ein tŷ ni – mae'r clos i gyd wrthi gyda'u brwsys sgwrio. Cyn gynted ag y mae'r llestri brecwast wedi eu clirio, mae pob drws yn cael ei agor led y pen ac fe redwn ni at y tap ym mhen draw'r clos a'n bwcedi'n siglo 'nôl a 'mlaen. Weithiau mae 'na ras i gyrraedd y tap. Ond nid ar y ffordd 'nôl, chwaith – byddwn ni'n fwy gofalus bryd hynny oherwydd mae Mam yn dweud fod dŵr yn werthfawr a feiddiwn ni ddim colli un diferyn ohono. Yna mae Mam a fi'n mynd ati gyda'r clytiau a'r brwsys, ac yn sgwrio nes bod ein breichiau'n brifo. Y waliau llwyd, y llawr llychlyd – rhaid i bopeth gael ei olchi'n lân. Mae'r celfi hefyd yn cael eu glanhau, oherwydd mae mwg llawn huddygl o'r felin yn treiddio i mewn i'r tŷ, a'r budreddi'n mynd i bobman.

Ar ôl gorffen glanhau fe fyddwn ni'n ymolchi ac yna'n

cynllunio ar gyfer dydd Sul pan mae Dad adre. Mae Mam wedi bod yn sôn am fynd â ni i Gaeau Green Heys. Ond soniodd hi'r un gair am hynny heddiw. Oni bai am gwyno Emmy, dydw i ddim yn credu y byddai neb wedi siarad gair yn y tŷ y bore 'ma. Aeth Mam 'mlaen â'i gwaith a'i gwefusau wedi'u cau'n dynn. Ond beth bynnag oedd ar ei meddwl, fe gadwodd y cwbl iddi hi ei hun.

Erbyn i gloch y felin ganu, ro'n i wedi cael hen ddigon ac roedd rhaid i fi fynd allan. Do'n i ddim eisiau gweld Dad chwaith, felly es i ddim i'r felin. Es i fyny i'r llofft. Does unman arall i fynd yn y tŷ heblaw'r seler lle mae'r glo. Beth bynnag, roedd e'n hwyr yn cyrraedd adre eto. Rhoddodd Mam y fath gerydd iddo pan gyrhaeddodd o'r diwedd, oherwydd roedd ei fwyd wedi oeri, ond dydw i ddim yn credu iddo ei chlywed hi hyd yn oed. Roedd e mewn tymer ryfedd. Aflonydd, ar bigau'r drain. Cerdded 'nôl a 'mlaen. Rhyw olwg ryfedd yn ei lygaid hefyd – fedra i ddim esbonio'n iawn, ond roedd fel petai e wedi cyffroi. Mae'n stafell fyw ni'n fach iawn a does dim llawer o le yno pan mae pawb adre, ond dydw i ddim yn credu iddo fe sylwi ar yr un ohonon ni. Ac erbyn hyn, wrth i mi ysgrifennu hwn, rwy'n sylweddoli taw dim ond ers wythnos rydw i'n cadw'r dyddiadur. Un wythnos! Fedra i ddim credu cymaint mae fy mywyd wedi newid ers hynny . . .

Dydd Sul, Mai 1

Cnociodd Mrs Brigham ar y ffenest yn gynnar bore 'ma. Roedd hi'n cario'r hen fasged fawr 'na o dan un fraich ac roedd Michael yn neidio o gwmpas y fraich arall. Roedd Jac, brawd mawr Michael, yno hefyd. Cyfarfu ein llygaid am eiliad a sylwais fod ei wyneb e'n newid yn llwyr pan oedd e'n gwenu. Yr un peth â William. Rhyfedd – doeddwn i ddim wedi sylwi o'r blaen. Mae Jac yr un oed â William ac mae e'n gweithio yn y felin fel ystofwr ei dad. Roedd e a William yn ffrindiau gorau – bron mor agos â ni'n dau, dwi'n meddwl. Wastad i mewn ac allan o dai ei gilydd. Ond dydyn ni ddim yn ei weld e mor aml nawr ag y buon ni – ers i William farw.

Roedd Mam a Mrs Brigham yn cael un o'u sgyrsiau doniol drwy'r ffenest. Mae'r ddwy yn ffrindiau da ac yn "siarad" fel hyn yn aml. Mae'r arfer yn mynd yn ôl i'r amser pan oedd y ddwy ohonyn nhw'n gweithio yn y sied wehyddu. Mae hi mor swnllyd yno fel bod rhaid siarad â'r dwylo a thynnu wynebau gwirion. Mimawian maen nhw'n ei alw e. Weithiau maen nhw'n edrych mor rhyfedd fel 'mod i eisiau chwerthin. Ar ôl munud neu ddwy chwifiodd Mrs Brigham ei llaw ac edrychon ni

27

arnyn nhw'n mynd, Michael yn neidio a sgipio a thynnu ar fraich ei fam i'w brysio hi 'mlaen. Ro'n i'n gwybod eu bod nhw'n mynd i Gaeau Green Heys. Allwn i ddim deall pam na allen ni fynd hefyd. Mae Mam mor annheg weithiau!

Roeddwn i'n gwybod fod y Brighams yn ôl oherwydd dechreuodd y synau rhyfedd a glywais yr wythnos ddiwetha. Cymaint o sŵn morthwylio a tharo fel bod ein tŷ bach ni'n crynu. Clywodd hyd yn oed Mam y sŵn. Ar ôl hanner awr o hyn, roedd Mam wedi cael digon, a chefais i fy anfon draw i weld beth oedd yn digwydd.

"Dim ond Jac yn esgus bod yn ddyfeisiwr eto," chwarddodd Mrs Brigham. "Mae croeso i ti drio rhoi stop arno." Aeth y ddwy ohonon ni at risiau'r seler a syllais i'r tywyllwch. Allwn i weld dim i ddechrau ond yna gwelais lygaid Jac yn disgleirio, olew seimllyd dros ei wyneb a'i ddwylo'n ddu. Gwenodd arna i a gofyn a hoffen i weld beth roedd e'n ei wneud. Teimlwn braidd yn swil ond cymerais y gannwyll oddi ar Mrs Brigham ac i lawr â fi, gan droedio'n ofalus ar y grisiau llithrig.

Mae ei ddyfais e'n edrych mor rhyfedd! Mae hi i fod i wneud y peiriannau nyddu'n fwy diogel i'r trueiniaid bach sy'n gorfod cropian o danyn nhw, ond allwn i byth ddweud hynny wrth edrych arni. Edrychai fel pentwr o haearn sgrap i fi! Ceisiais ddweud wrtho pa mor glyfar oedd e, ond rwy'n credu nad oedd yr olwg ar fy wyneb yn argyhoeddi oherwydd dwedodd e'n bigog nad oedd disgwyl i *ferch* ddeall. Pan ddwedodd e hynny ro'n i'n flin. Fe ddwedais i wrtho 'mod i'r un mor glyfar ag e bob tamaid, hyd yn oed os oedd rhaid i fi adael yr ysgol a threulio fy amser yn coginio a glanhau. Edrychodd e arna i am funud gyfan.

"Rhaid i'r rhan fwyaf o ferched weithio," meddai'n swta. "Rwyt ti'n *ffodus* i gael dysgu sut i gadw tŷ!" Pa *hawl* sydd ganddo fe Jac Brigham i siarad â fi fel 'na? Rydw i mor abl ag e, gaiff e weld rhyw ddiwrnod. Wedi gwylltio gormod i ysgrifennu mwy.

Dydd Llun, Mai 2

Aeth Mam allan o'r tŷ bore 'ma heb ddweud gair – a gadael pentwr mawr o olch i fi. Suddodd fy nghalon pan welais i e. Ar wahân i wnïo a sgwrio'r llawr, dyma beth rwy'n ei gasáu fwyaf. Roedd Emmy, wrth gwrs, wedi sgipio allan i chwarae gyda phlant eraill y clos cyn gynted ag yr oedd Mam wedi mynd, felly dim ond fi oedd ar ôl i wneud y gwaith i gyd. Sgrwbiais nes oedd fy nwylo'n gignoeth, a rhoddais y dillad drwy'r mangl. Yna gwaeddais ar Emmy i fy helpu i'w hongian nhw ar draws y clos. Roedd yna wynt main ac fe gydiodd yn y golch a'u chwythu 'nôl i'n hwynebau. Chwerthin wnaeth Emmy. Ro'n i'n falch o'r gwynt oherwydd roedd e'n chwythu'r mwg i'r cyfeiriad arall, heb drochi'r dillad â llwch brwnt o'r felin. Weithiau pan ddof i â'r dillad i mewn o'r lein maen nhw'n llwyd a llychlyd ac mae'n rhaid eu golchi nhw eto.

Prynhawn 'ma aeth Mam i lawr i'r felin fel arfer gyda the i Dad. Cyn i William farw, ro'n innau'n mynd weithiau. Ro'n i'n casáu mynd i mewn i'r ystafell nyddu, a doedd Dad ddim hyd yn oed yn stopio pan o'n i yno – dim ond cymryd y te a rhoi nòd ac efallai wên. Dyw e ddim yn hoffi stopio'r olwynion mwy nag sydd angen, oherwydd mae'r nyddwyr yn cael eu talu fesul darn, a pho fwyaf mae e'n nyddu mwyaf o gyflog gaiff e. Felly fyddwn i byth yn aros yn hir – mae'r stafell mor boeth a thrymaidd ac oglau olew'n drwch. Mae'r ffenestri'n cael eu cau mor dynn fel ei bod hi'n anodd anadlu yno'n yr haf. Dywed Dad fod yn rhaid eu cadw ar gau neu bydd unrhyw awel yn gallu torri'r edafedd brau yn gynt nag y gallai'r ystofwyr eu trwsio. A'r sŵn – dydw i ddim wedi dechrau sôn wrthoch chi am hwnnw! Yn ôl Dad, dyw'r sŵn yn poeni dim arno ond dydw i ddim yn deall sut – yr holl beiriannau'n rhuo, gwerthydau'n chwyrlïo, siafftiau'n grymial, olwynion yn gwichian, a'r holl strapiau. Alla i ddim credu ei bod hi hyd yn oed yn waeth yn y sied wehyddu, ond dyna mae Dad yn ei ddweud, a dyna pam mae Mam mor fyddar.

Roedd William yn arfer cadw ei ben i lawr hefyd – feiddiai e ddim tynnu ei lygaid oddi ar y llinellau symudol o edafedd rhag ofn y byddai angen ystofi darn – ond weithiau byddwn yn cael winc ganddo, neu gan Jac Brigham ar yr ochr bellaf, oedd wrthi'n ystofi darnau i'w dad. Ond druan bach – bob tro y byddwn i'n ei weld, naill ai'n gorwedd yn fflat o dan y peiriant, neu ar ei gwrcwd yn codi'r darnau gwastraff, gan gadw un llygad barcud ar y cludydd rhag ofn iddo gael ei ddal – fe fyddai ias yn mynd i lawr fy nghefn. Dyma mae Michael yn ei wneud erbyn hyn – naw oed yw e, blwyddyn yn hŷn nag Emmy. Allwch chi ddim gweithio'n y felin tan eich bod chi'n naw oed. Dyna'r ddeddf, meddai Dad.

Dydd Mawrth, Mai 3

Mae 'mywyd i'n un cylch diddiwedd o dasgau. Dyma fy niwrnod i heddiw.

Bore:
Nôl dŵr o'r tap ar gyfer ymolchi.

Glanhau'r grât.

Sgwrio'r llawr. (Mynd i bob twll a chornel heb stopio tan 'mod i'n gallu gweld fy adlewyrchiad yn y fflagen garreg.)

Berwi tatws yn y pot i swper.

Prynhawn:

Helpu Mam i drwsio tyllau yn ein dillad gyda darnau o frethyn cotwm neu wlân o'r dillad oedd wedi treulio gormod i'w gwisgo rhagor. Does dim arian i gael rhai newydd.

Dydd Mercher, Mai 4

Roedd Mam bron â chael ei sgaldanu heno. Fe glywson ni ffrwydrad oedd mor uchel nes gwneud i'r ffenestri i gyd grynu; cydion ni yn ein gilydd yn dynn a gollyngodd Mam y bwced o ddŵr oedd yn ei llaw. Edrychon ni'n ddigalon ar y dŵr berwedig yn mynd dros y llawr i gyd. Ar ôl ei sychu e aethon ni at y drws gyda'n gilydd. Wn i ddim beth roedden ni'n disgwyl ei weld tu allan. Pentwr o rwbel, falle! Ond pan agoron ni'r drws daeth bang fawr arall – digon i ni neidio 'nôl mewn i'r tŷ. Ac yna gwelais gynffon hir roced yn gawod o sêr mân uwch fy mhen.

Er gwaethaf galwadau Mam, gollyngais y bwced a rhedais i ac Emmy tuag at fynedfa'r clos lle roedd tyrfa fechan o bobl wedi ymgasglu. Sefais i syllu ar y tân gwyllt yn ffrwydro yn yr awyr. Do'n i ddim wedi gweld unrhyw beth mor hardd â hynny *erioed*. Dychmygais y gallwn i neidio a chydio yng nghynffon un o'r rocedi a hedfan yn uchel, uchel yn yr awyr ymhell o Fanceinion. Fe allwn gydio'n dynn a hofran i fyd arall – byd lle gallwn i weld caeau gwyrdd drwy'r ffenest bob bore.

Pan aethon ni'n ôl i'r tŷ roedd Mam yn smwddio mor wyllt nes ei bod yn syndod na losgodd hi'n ffedogau ni. "Efallai fod gan y bobl gyfoethog arian i'w losgi," meddai, gan daro'r haearn smwddio lan a lawr. "Ond wn i ddim sut y gallan nhw wastraffu arian ar dân gwyllt pan mae cymaint o deuluoedd heb ddigon o fwyd i lenwi eu boliau."

Fe stopiodd hi'n sydyn pan welodd hi'n hwynebau. Dyna'r tro cyntaf i Mam ddweud unrhyw beth wrthon ni am y trafferthion yn y dre. Ydy hi'n meddwl 'mod i'n ddall a heb allu gweld na meddwl drosof fi fy hun? Dwi'n gwybod yn iawn am y cythrwfl sydd ym Manceinion. Dwi'n dair ar ddeg – dim plentyn ydw i bellach. Ond dyw hi ddim yn sylweddoli hynny.

Dydd Gwener, Mai 6

Cyrhaeddodd Dad adre'n hwyr iawn neithiwr. Roedd Emmy a fi wedi hen fynd i'r gwely erbyn iddo ddod 'nôl. Ceisiodd Mam guddio'i gofid trwy fod yn ddig. Roedd yn gas gen i ei chlywed hi'n siarad wrthi'i hun drwy'r tŷ, ac yn taro'r platiau i lawr yn galed ar y bwrdd. Cafodd hyd yn oed Emmy flas ei thafod – Emmy, cannwyll ei llygad!

Ar ôl gorffen y gwaith tŷ bore 'ma, es i edrych ar lyfr blodau sych Tad-cu. Fel arfer, mae'n codi 'nghalon i ond heddiw, er i mi geisio canolbwyntio, ro'n i'n methu anghofio am ddigwyddiadau'r stafell fach. Pam na ddwedan nhw wrtha i beth sy'n bod? Ydy e'n gysylltiedig â'r Siartwyr? Ai o'u herwydd *nhw* roedd Dad adre mor hwyr neithiwr? Ai nhw yw'r rheswm am lygaid coch Mam?

Gwelais Jac Brigham yn cerdded heibio'r ffenest heno. Rhoddodd gipolwg sydyn drwy'r ffenest wrth basio. Daliais ei lygad ond dydw i ddim yn credu iddo sylwi arna i. Ond yna fe gofiais i – dim ond merch wirion ydw i yn ei olwg e.

Dydd Sadwrn, Mai 7

Mae Mam wedi dechrau dysgu Emmy sut i drwsio ac phatsio dillad, ac mae hi'n well na fi'n barod. Teimlais boen tu fewn wrth eu gweld nhw'n eistedd yn glòs wrth ei gilydd yng ngolau gwan y prynhawn. Mae Mam mor dyner gydag Emmy, byth yn flin pan wnaiff hi gamgymeriad. Rhoddais fwy o lo ar y tân a'i brocio'n chwyrn. Llamodd y fflamau, eu cysgodion yn dawnsio ar y waliau gwyngalchog. Gwgodd Mam pan welodd hi fi. "Paid â gwastraffu'r glo, Eliza," meddai. Trueni na fyddai hi ond yn rhannu ychydig o'r tynerwch yna gyda fi.

Dydd Sul, Mai 8

Heddiw dywedodd Dad wrthym fod melinau Barrett a Sharp wedi rhoi gweithwyr ar y clwt.

Do'n i ddim yn deall i ddechrau beth oedd arwyddocâd hyn, ac ro'n i'n methu deall pam roedd y stafell wedi mynd mor dawel. Yna fe gofiais – roedd Bill Armthwaite yn gweithio i Barrett. Dyn mawr, sarrug â haid o blant. Mae teulu'r Armthwaites wedi byw yn ein clos ni ers dros ddwy flynedd. Pan symudon nhw yma gyntaf roedd yna dri o blant, ond erbyn hyn mae 'na ddau arall hefyd. Maen nhw'n cadw iddyn nhw eu hunain, ond bydd Emmy'n chwarae gyda'r ddau blentyn hynaf weithiau.

Cododd Mam ac edrychais arni'n estyn am ei siôl a dechrau mynd i ffwdan. "Fe bicia i draw i weld a alla i helpu mewn rhyw ffordd."

Gofynnodd i fi nôl canhwyllau, bara a llaeth. Sylwais bod ei dwylo hi'n crynu rhywfaint wrth iddi estyn lympiau o lo a brigau o'r lle tân a'u rhoi yn ei basged gyda'r bwyd. Dyma'r tro cyntaf i rywun o'n clos ni golli ei swydd. Sylweddolais pa mor ddrwg oedd y sefyllfa a theimlais yn euog am wneud ffys am adael yr ysgol. O leia mae gan *Dad* waith.

Mae dau fachgen hyna'r Armthwaites yn gweithio ym melin Lever. Ry'n ni i gyd yn gweddïo na chollan nhw eu gwaith. Ond chwilota sborion yw gwaith Dic a Tom. Mae Dad yn dweud fod eu cyflog nhw'n bitw iawn a'u bod nhw'n cael eu talu'n rhannol mewn nwyddau – bwyd maen nhw'n gorfod ei brynu o siop y felin. Mae'r system yn drewi oherwydd mae'r meistri'n gallu codi faint fynnan nhw am y nwyddau, a does dim y gall y gweithwyr ei wneud. A sut y gallwch chi fforddio talu rhent a bwydo teulu llwglyd o saith ar ychydig o sylltau diflas yr wythnos?

Do'n i ddim yn synnu pan gawson ni ddim ond bara a chaws i swper heno. Yn gynharach, ro'n i wedi helpu Mam i drefnu swper sylweddol o gig a thatws. Ro'n i wedi edrych ymlaen oherwydd dydyn ni ddim yn cael cig i'w fwyta'n aml yn ein tŷ ni. Ond mae'n siŵr y byddai'n ein tagu ni wrth feddwl cyn lleied roedd teulu'r Armthwaites yn ei gael.

Pan fydd rhywun mewn trybini mae pawb yn tynnu at ei gilydd. Heno, gwelais Mrs Legg yn codi'n araf allan o'i chartref yn y seler. Mewn un llaw roedd ganddi dusw o'r planhigion drewllyd mae'n eu tyfu yno. Gwyliais hi'n cerdded yn gloff i dŷ'r Armthwaites. Does fawr ddim ganddi hi ei hunan, ond roedd hi wedi dod o hyd i rywbeth y gallai ei roi. Weithiau rwy'n teimlo mor falch 'mod i'n byw yn ein clos ni.

Dydd Llun, Mai 9

Cafodd Michael bach ei anafu pnawn 'ma'n y felin. Dwedodd Mr Brigham ei fod e wedi anghofio gwyro'i ben ac fe darodd yn erbyn y peiriant. Rhy flinedig i'w weld e, meddai Mr Brigham yn sarrug. Roedd ei wyneb e'n llawn gofid a'i ddwylo mawr yn hongian yn llipa wrth iddo sefyll yn ddiymadferth wrth y bwrdd lle gorweddai Michael. Dwedodd iddo ei weld e'n codi'i fraich yn sydyn i amddiffyn ei ben, a wedyn iddo syrthio'n ôl o dan y peiriant. Fe lusgodd Jac ac un o'r ystofwyr eraill y bachgen i ddiogelwch, ac yna cariodd Jac a Mr B ef adre. Dwedodd Mr Brigham y gallai e fod wedi cael ei ladd a'i fod e'n lwcus taw dim ond ei fraich oedd wedi'i brifo. Mae'r clwy yn un dwfn, serch hynny – roedd rhaid i fi droi fy mhen ac eistedd i lawr yn gyflym pan welais i e, roedd fy nghoesau'n wan.

"Wnaiff dim un o 'mhlant i byth weithio'n y lle 'na. *Byth*," clywais Mam yn sibrwd wrthi hi ei hun gan roi dŵr i ferwi ar dân y Brighams. Siaradodd hi mor dawel fel 'mod i prin yn gallu ei chlywed, ond ro'n i mor falch pan glywais i beth ddwedodd hi. Allwn i ddim dioddef gweithio yn yr hen felin 'na.

Druan â Mrs Brigham! Roedd ei gŵr wedi dweud wrthi na allai e gael gorchymyn clafdy tan ddydd Iau. Dwedodd Mr Thomas, mab y meistr, nad oedd yr un i'w sbario. Dechreuodd Mrs Brigham feichio crio; roedd hi'n poeni y byddai'r clwy'n troi'n heintus os na fyddai'r doctor yn medru ei drin yn fuan.

Helpodd Mam Mrs B i eistedd. Ro'n i bron â marw eisiau helpu – unrhyw beth i'w stopio rhag crio gymaint.

Mae 'na ryw deimlad annifyr y tu mewn i mi pan mae oedolion yn crio – fel petai'r byd wedi'i droi wyneb i waered. Ac yna'n sydyn fe sylweddolais fod 'na rywbeth y gallwn i ei wneud. Pam na feddyliais i amdano'n gynt? Rhedais ar draws y clos at gartre'r hen Mrs Legg, gan adael pawb arall i ffwdanu dros Michael bach. Ro'n i mor awyddus i'w nôl hi nes 'mod i bron â syrthio i lawr y grisiau. Gofynnodd hi ambell gwestiwn am glwy Michael a theimlwn yn chwithig am nad oeddwn i'n gallu eu hateb nhw'n iawn. Do'n i ddim wedi gallu mynd yn ddigon agos i edrych arno'n fanwl.

Pan es i 'nôl i dŷ'r Brighams roedd Mrs Elias yn sefyll wrth y drws, yn drwyn i gyd. Ble bynnag roedd 'na drwbl, roedd Mrs Elias yn siŵr o fod yno. Ond gwthiais heibio iddi a dweud y cwbl wrth Mrs Brigham. Doedd Mam ddim eisiau gwybod. "Peidiwch â gadael i'r hen wrach yna gyffwrdd ym mraich eich mab!" gwaeddodd mewn dychryn. Ond rhoddodd Mrs Brigham ei llaw ar fraich Mam yn dyner i leddfu ei phryder ac amneidiodd arna i i nôl Mrs Legg.

Dydd Mawrth, Mai 10

Es i weld Michael heno. Roedd y cochni creulon ar ei fraich e wedi lleihau ychydig, a doedd dim twymyn. Diolch byth! Allwn i fyth faddau i mi fy hun petai rhywbeth yn digwydd iddo. Ond doedd dim rhaid poeni, oherwydd cefais gwtsh fawr gan Mrs Brigham a diolchodd imi ganwaith; ro'n i'n gwybod bryd hynny fod Michael yn iawn.

Wrth i fi adael, cyrhaeddodd Jac a Mr B. Daeth Jac ata i'n syth ac ymddiheuro am yr hyn ddwedodd e wrtha i'n gynharach. "Wna i byth anghofio beth wnest ti dros Michael," meddai. Yna gwenodd arna i'n swil. "Allwn i ddim diodde colli brawd," meddai mewn llais isel. Doedd e ddim yn edrych arna i ond ro'n i'n gwybod ei fod e'n meddwl am William ac am y diwrnod ofnadwy hwnnw yn y felin. Eisteddon ni ar stepen y drws gyda'n gilydd am sbel a bues i'n gwrando arno'n sôn gymaint roedd e'n hiraethu am William. Roedden nhw'n gymaint o ffrindiau. Er ein bod ni'n adnabod teulu'r Brighams ers amser maith, ro'n i'n gyfarwydd â Jac fel ffrind William. Ond wrth i ni siarad anghofiais fy swildod. Roedd hi'n braf cael rhannu profiadau gyda rhywun oedd yn ei golli e

gymaint â fi. Es i'r gwely gan deimlo'n hapus, yn cofio
am William, ac yn meddwl am Jac.

Dydd Mercher, Mai 11

Es i at Mr Owen heno. Prynais de a siwgr i Mam a bara
a chanhwyllau i'r Brighams. Roedd Michael bach yn
anghyfforddus neithiwr ac roedd Mrs Brigham eisiau
aros yn agos ato. Ar y ffordd adre gwelais Mrs Elias a'i
dau blentyn. Rhoddodd ei llaw ar fy mraich, gwthio'i
hwyneb yn agos a dweud pa mor flin oedd hi ein bod ni
wedi gorfod gadael yr ysgol. Yna ychwanegodd y câi'r
gwystlwr fynd â'i heiddo hi i gyd cyn y byddai ei phlant
hi yn gorfod colli eu haddysg. Cefais gymaint o sioc nes
imi ruthro'n ôl yn gyflym, ac rwy'n siŵr taw dyna pam
yr es i ar goll. Sylweddolais wedyn fy mod i rywffordd
wedi cyrraedd siop lyfrau Mr Brown. Ceisiais frysio oddi
yno – do'n i ddim yn hoffi Mr Brown na'i siop. Prin eich
bod chi'n gallu darllen cloriau'r llyfrau gan fod cymaint o
lwch arnyn nhw a llwydni ar y ffenestri. Ond fe glywodd
Mr Brown fi, a dyma fe'n dod at y drws a'i agor mewn
fflach. Fe bwyntiodd ei fys brwnt ata i. Fe es i draw ato,
yn araf.

"Dyw dy dad ddim wedi dod i mo'yn ei *Star* yn ddiweddar," meddai, a'i hen sbectol fach gron yn llithro i lawr ei drwyn. Rhoddais gam yn ôl, ac aeth rhyw ias i lawr fy asgwrn cefn. Mae 'na ryw ddrewdod rhyfedd ynghylch Mr Brown, drewdod lleithder, llawn llwydni sy'n dod o fyw mor agos at y gamlas.

"N-na," meddwn, ag atal dweud arnaf mwyaf sydyn. Doedd gen i ddim syniad am beth roedd e'n sôn.

"Alla i ddim archebu un iddo o hyd ac o hyd, wyddost ti," meddai a'i wyneb esgyrnog yn dod yn nes ac yn nes. Roedd ei wallt hir yn hongian fel gwymon o amgylch ei wyneb.

"Dwed ti hynny wrtho," gwaeddodd ar fy ôl. "Cofia di ddweud."

Rhoddais gip dros fy ysgwydd a'i weld yn neidio i fyny ac i lawr fel gwallgofddyn. Roedd e'n codi ei ddwrn arna i ac yn sgrechian fel rhyw hen frân. Cydiais yng ngwaelod fy sgert er mwyn rhedeg yn gynt, gan gau allan weiddi a chwibanu'r plant oedd yn chwarae yn yr adfeilion ger y gamlas. Wrth redeg, ro'n i'n pendroni. Beth yn y byd oedd y *Star*?

Amser swper, adroddais yr hanes wrth Dad. Ond pan wnes i grybwyll y gair *Star*, aeth Mam yn wyllt gacwn.

"Paid â dweud dy fod ti'n dal i wastraffu'n harian prin ni ar y sothach Siartwyr 'na," llefodd, a'i hwyneb yn fflamgoch. "Sdim arian gyda ni i'w daflu i ffwrdd fel 'na." Roedd hi mor flin fel na sylwodd hi arna i, Emmy na Tad-cu'n eistedd o gwmpas y bwrdd. "Sawl gwaith mae'n rhaid i fi ddweud wrthot ti taw dim ond trwbl gawn ni gyda'r Siartwyr 'na?"

Cadwodd Dad ei ben yn isel a dal i fwyta. Roedd rhyw wên fawr ar wyneb Emmy. Ro'n i'n ysu am gael sychu'r hen wên 'na oddi ar ei hwyneb.

"Ateb fi," meddai Mam yn awdurdodol.

Ro'n i wedi difaru sôn o gwbl am y *Star* felltith 'na oherwydd dyma Dad yn codi o'i gadair a cherdded oddi wrth y bwrdd bwyd.

"Paid ti â mentro mynd allan drwy'r drws 'na," gwaeddodd Mam arno.

"Dwi'n mynd draw i weld sut mae Michael bach," atebodd yn dawel.

Roedd fy mochau ar dân. Wnes i ddim bwyta briwsionyn, ro'n i'n teimlo mor wael. Yn nes 'mlaen fe holais i Dad am y Siartwyr, ond fe ddwedodd e na fyddwn i ddim yn deall ac y byddai'n well gadael pethau i fod. Teimlwn mor flin. Rwy'n casáu Dad yn fy nhrin i fel plentyn bach. A sut y gall e ddychmygu y gallwn i anghofio rhywbeth sy'n creu'r fath dristwch i'r teulu?

Dydd Iau, Mai 12

Chredwch chi byth pwy gerddodd 'nôl yn hamddenol i'r clos heddiw. Neb llai na Bert Elias. Does neb wedi ei weld e ers dyddiau – ddim hyd yn oed ei wraig. Dwi'n credu taw Emmy welodd e gynta. Galwodd hi arna i ac fe fuon ni'n dwy'n syllu arno'n mynd i'r tŷ bychan yng ngwaelod y clos. Yn sydyn daeth gwawch anferth ac roedd rhaid i Emmy a fi wthio'n ffedogau i'n cegau rhag chwerthin yn uchel. Ond yna roedd llawer o weiddi a sgrechian a doedd e ddim yn ddoniol rhagor. Cafodd drysau a ffenestri eu hagor led y pen. Gwelodd Mam ni'n dwy'n syllu ac fe gaeodd y ffenest yn glep a'n tynnu ni oddi yno. Fe gawson ni stŵr ganddi am fod mor fusneslyd, ond roedd ei hwyneb hi'n llawn gofid.

"Y Bert ddiawl 'na," meddai, ac ysgwyd ei phen wrth fynd o gwmpas ei phethau. Gofynnais iddi beth roedd hi'n ei feddwl a'r cyfan ddwedodd hi oedd fod Mrs Elias wedi gorfod dioddef llawer.

Doedd Jac ddim yn gweld yr ochr ddoniol chwaith pan siaradais ag e'n ddiweddarach. "Hen gnaf yw'r Bert 'na," meddai. "Yn syth o'r felin i'r dafarn gan amla." Yna gwridodd ac edrych yn chwithig, fel petai wedi rhoi ei droed ynddi. Ches i ddim gair o'i ben e wedyn. Beth mae *Jac* yn ei wybod am y dafarn?

Pan agorodd drws Mrs Elias eto, roedd hi'n hwyr iawn. Brysiodd ar draws y clos gan ddal plentyn yn dynn ym mhob llaw. Daliodd hi fy llygad ac roedd golwg llawn cywilydd arni. Ond roedd rhywbeth heblaw Bert yn ei phoeni. Rwy'n teimlo'n siŵr y bydd rhaid i'w phlant hithau adael yr ysgol hefyd.

Dydd Sul, Mai 15

Dad wedi codi a gadael y tŷ'n gynnar heddiw eto. Rydyn ni'n gyfarwydd â'i fynd a dod erbyn hyn, prin ein bod ni'n sylwi. Rwy'n colli ei bresenoldeb tawel yn y tŷ fel arfer ond heddiw ro'n i'n falch o weld ei gefn e. Mae Mam yn dal i fod yn flin, a phan maen nhw wrthi fel ci a chath does dim lle i'r ddau yn ein tŷ bach ni. Gweld Molly Armthwaite druan yn dod allan o'i thŷ ac yn brysio heibio gan gario rhyw fwndel yn ei breichiau. Bob tro rwy'n gweld yr Armthwaites nawr mae fy nghalon i'n wan – gallen ni fod yn yr un cwch â nhw. Rwy'n gwybod fod hynny'n hunanol, ond does arna i mo'r help. Tro pwy fydd hi nesa, tybed, i gael eu poeri allan o'r felin pan nad oes eu hangen yno?

Llungwyn, Mai 16

Yn gynnar bore 'ma aeth Mam â ni i weld plant yr Ysgol Sul yn gwau eu ffordd i'r eglwys. Dyna'r traddodiad bob Sulgwyn. Pawb yn ei dro. Tro'r Anglicaniaid oedd hi ar y dydd Llun, a'r crefyddau eraill i ddilyn fesul diwrnod. Pawb wedi eu gwisgo mewn gwyn disglair, a rhai'n cario tusw o flodau'r gwanwyn. Roedden nhw'n edrych mor hardd! Roedd dagrau yn llygaid Mam wrth eu gwylio: ro'n i'n gwybod ei bod hi wedi gobeithio y bydden ni'n gallu ymuno â nhw. Roedd ei thad-cu yn warden eglwys slawer dydd ac mae hi mor falch ohono. Dy'n ni ddim yn mynychu'r eglwys oherwydd Dad. Mae e'n dod o deulu o gapelwyr selog, meddai Mam – nid 'mod i wedi gweld Dad na Tad-cu yn mynd i gapel ers tro byd.

I wneud yn iawn am beidio â mynd i'r eglwys, anfonodd Mam ni i lawr at Mr Owen i brynu cacennau a bara sinsir. Yna bu raid i ni alw drws nesa i roi gwahoddiad iddyn nhw ymuno â ni. Ond doedd Mrs Brigham ddim am adael Michael bach ar ei ben ei hun, felly fe es i draw â'r cacennau a'r bara, a chael te gyda nhw.

Dydd Mawrth, Mai 17

Aeth Mam yn grac gyda fi y bore 'ma eto. Daliodd y crys ro'n i wrthi'n ei drwsio a dangos y pwythau crychlyd. Ceisiais ganolbwyntio wrth iddi fy nysgu sut i'w wneud yn iawn, ond roedd fy meddwl i'n bell. Gallwn glywed y plant yn chwarae allan yn y clos ac yn y strydoedd. Mae'r ysgol wedi cau dros wyliau'r Sulgwyn. Ond nid y plant yn unig oedd yn llenwi fy meddyliau chwaith. Does dim diddordeb o gwbl gen i yn y gwnïo! Ac o, rwy'n gweld eisiau'r ysgol. Mae cymaint o bethau i'w dysgu – llawer mwy na gwnïo, glanhau a chadw tŷ. Dwedais wrth Tad-cu sut ro'n i'n teimlo a dyma fe'n meddwl am funud. "Nid yr ysgol yw'r unig le y gelli di ddysgu pethau, cofia," meddai wedyn. "Mae gwybodaeth newydd ar gael ym mhob math o lefydd – hyd yn oed mewn cerrig, ac yn y coed a'r blodau sy'n tyfu yn y caeau." Rwy'n meddwl y byd o Tad-cu – ond mae e'n dweud y pethau rhyfedda weithiau!

Dydd Mercher, Mai 18

Y prynhawn 'ma gofynnodd Tad-cu i Mam a gawn i ei helpu e i fynd am dro bach. Nodiodd Mam ei phen, gan dorri darn o edafedd â'i dannedd. Dydw i ddim yn credu ei bod wedi ei glywed yn iawn, hyd yn oed. Winciodd e arna i a rhoi ei fys dros ei geg. Ro'n i'n teimlo'n gyffrous, fel petaen ni'n mynd ar ryw antur gyfrinachol gyda'n gilydd. Ro'n i'n falch pan sylweddolais ei fod e'n mynd â fi at Mrs Legg. Dwi wrth fy modd yn ymweld â'i chartre – mae e fel cist yn llawn trysorau. Mae ganddi'r pethau rhyfedda – potiau bach o eli a phowltrisiau ar hyd y silff ben tân, a'r bocsys mae hi'n eu defnyddio fel bwrdd a chadeiriau. Mae 'na flodau a pherlysiau'n hongian ar fachau o'r nenfwd a'r waliau. Gan amlaf mae rhyw gymysgedd yn berwi mewn crochan ar y tân. Heddiw roedd arogl melys hyfryd yn dod ohonyn nhw. Ond fedrwn i ddim gweld Mrs Legg yn unman – mae'r stafell mor dywyll. Dim ond un ffenest fach yn uchel yn y wal sy 'na, a does fawr ddim golau'n treiddio i mewn. Ond wrth i'm llygaid i gyfarwyddo â'r tywyllwch sylwais ar bentwr o garpiau ar ben bocs wrth y lle tân. Yna symudodd y pentwr a sylweddolais mai Mrs Legg oedd yno. Cododd yn sigledig a cherdded draw aton ni. Ro'n i'n synnu gweld corff mor grwm ac esgyrnog yn symud mor gyflym. Gwenodd Tad-cu arni a rhoi pecyn bychan iddi ac edrychon ni arni'n ei agor, yn rhwygo'r papur yn eiddgar. Ynddo roedd darn trwchus o facwn. Gwichiodd Mrs Legg a rhoi cwtsh fawr i Tad-cu. Roedd y papur newydd roedd wedi'i lapio o gwmpas y bacwn wedi cael ei adael ar lawr, ac wrth i mi blygu i'w nôl e, gwelais y geiriau – *The Northern Star* – mewn llythrennau du bras.

The Northern Star! Papur newydd y Siartwyr. Edrychais arno'n awchus, ond cyn i fi fedru darllen mwy ohono, dyma law'n ei gipio'n sydyn. "Mae'ch tân chi bron â diffodd," meddai Tad-cu. "Efallai y bydd hwn yn ei ailgynnau." Allwn i wneud dim ond syllu ar y papur yn cael ei lyncu gan y fflamau.

Swatiodd y tri ohonon ni o gwmpas y tân a chymerais arnaf wrando ar eu sgwrs. Ond roedd y papur newydd yn dal ar fy meddwl. O ble y daeth e? Oedd Tad-cu wedi mynd ag e o'r tŷ rhag ofn i Mam ei weld? Ar ôl gadael tŷ Mrs Legg holais Tad-cu am y Siartwyr ond dwedodd e y byddai'n well gadael gwleidyddiaeth i'r gwleidyddion. Pan ofynnais iddo esbonio, atebodd fy mod i'n holi gormod ac y byddai'n well petawn i'n gwrando ar beth oedd gan Mrs Legg i'w ddweud. Rwy'n synhwyro weithiau fod 'na rywbeth ar droed yn y dre 'ma ac mai'r Siartwyr sydd wrth wraidd hynny. Oes rheswm arall dros yr holl ddirgelwch? Mae un peth yn bendant – rwy'n torri 'mol eisiau gwybod mwy amdanyn nhw.

Dydd Gwener, Mai 20

Rhywbeth yn fy mhoeni heddiw. Rwy'n teimlo fod 'na rywbeth yn cael ei gadw oddi wrtha i. Dim busnes y Siartwyr y tro 'ma – rhywbeth arall. Pan mae Dad yn dod adre weithiau mae'n rhoi rhyw olwg ryfedd i Mam ac yna mae'r ddau'n edrych draw arna i, ond pan rwy'n edrych arnyn nhw maen nhw'n gwenu ac esgus nad oes dim o'i le. Ond mae 'na rywbeth yn mynd ymlaen, rwy'n siŵr o hynny.

Dydd Sadwrn, Mai 21, 1842

Mae rhywbeth echrydus wedi digwydd. Rwy'n methu hyd yn oed ysgrifennu'r geiriau'n iawn. RWY'N DECHRAU GWEITHIO'N Y FELIN DDYDD LLUN. Dwi'n methu credu, wir. "Ddwedest ti na," gwaeddais ar

Mam, a'i hatgoffa o beth ddwedodd hi pan glywson ni am ddamwain Michael bach.

Roedd ei hwyneb fel y galchen. "O, Eliza," meddai. "Mae'n ddrwg gen i. Yn wir ddrwg gen i. Pe bai unrhyw ateb arall . . . dwi wedi gwneud fy ngorau glas i ddod o hyd i waith ond . . ." Roedd golwg druenus a diymadferth arni.

"Ble fydda i'n gweithio?" gofynnais. Yn y tawelwch ro'n i'n gallu clywed fy hun yn anadlu. Ro'n i'n ofni clywed ateb Dad. Be taswn i'n ystofwr, fel Jac, fel Wiliam? Sut yn y byd allwn i glymu'r darnau edafedd rhydd ar beiriant nyddu fel un Dad? Rwy'n fodiau i gyd! Neu weithio'r droell fel Mam slawer dydd. Roedd ganddi bedair, rwy'n credu, o dan ei gofal.

"Yn y stafell gribo," atebodd Dad o'r diwedd. "Salwch. Mae angen pâr arall o ddwylo yno."

"Dwylo rhad, myn brain," meddai Mam yn chwerw.

Sefais yno, yn gwrando arnyn nhw'n dadlau. Dad yn benderfynol, yn dweud wrth Mam gymaint gwell fyddai'n sefyllfa ariannol ni; Mam yn ateb ei fod wedi siomi'r teulu. Ond do'n i ddim eisiau clywed. Ro'n i'n teimlo'n bell i ffwrdd. Do'n i ddim yn teimlo y gallen nhw fod yn siarad amdana i. Fel petai Eliza wedi diflannu. Dim ond pâr o ddwylo oeddwn i bellach. Dwylo gweithiwr.

Dydd Sul, Mai 22

Aethon ni i Gaeau Green Heys prynhawn 'ma. "Bydd tipyn o awyr iach yn gwneud lles i ni," meddai Mam. Doedd dim ots gen i. Ers iddyn nhw fynnu fy mod i'n mynd i'r felin, do'n i'n teimlo dim.

Aeth pob un ohonon ni yno – hyd yn oed Dad. Roedd y borfa'n arogli'n felys wrth i mi orwedd arni ac edrych i fyny i'r awyr. Ond roedd mwg a stêm o simnai'r felin yn treiddio drwy bopeth. Roedd crawcian y brain fel clecian y peiriannau'n fy nghlustiau. Teimlais y waliau anferth yn cau amdanaf. Ceisiodd Tad-cu annwyl fy ysgwyd o'r hunllef trwy ofyn i mi gasglu llysiau cwlwm a llysiau'r eryr pêr i'w rhoi i Mrs Legg. Codais i'w helpu, ond pigais fy nwylo ar y danadl poethion wrth ymestyn am y blodau. Yfory bydda i'n cerdded drwy'r gatiau mawr i mewn i'r felin. Sut fydda i'n goddef hynny, tybed?

Dydd Llun, Mai 23

Wedi blino'n lân. Dwi prin yn gallu ysgrifennu, mae 'mreichiau a 'nghoesau'n brifo gymaint. Gwelodd Mam fi'n dod drwy'r drws ar ôl gwaith a dwedodd wrtha i'n syth am fynd i'r llofft i gael hoe. Ond es i ddim yn syth, roedd yn rhaid i fi olchi'r budreddi i ffwrdd – y fflwff sy'n glynu arna i, yr olew sy'n drwch ar fy nwylo a 'nhraed. Mae'n rhaid 'mod i wedi hepian oherwydd deffrais a theimlo rhywun yn f'ysgwyd ac ro'n i'n arswydo fod y bore wedi cyrraedd yn barod. Ond Mam oedd yno, yn dweud fod swper ar y bwrdd. Dilynais hi i lawr y grisiau, ond doedd dim awydd bwyd arna i. Mae'r peiriannau erchyll fel hunllef. Roedd rhaid i fi sefyll y tu ôl iddyn nhw a gwylio'r cotwm yn dad-ddirwyn i mewn i'r caniau mawr. Mae'r caniau bron mor dal â fi – bron bedair troedfedd. Roedd fy nwylo'n crynu gymaint ar y dechrau fel 'mod i'n ofni eu gollwng nhw. A'r brwsio a'r glanhau diddiwedd. Ac ro'n i'n ysu am gael eistedd – dim ond am funud fach. A'r oglau olew a chwys afiach, a'r fflwff sy'n mynd i'r dŵr ac ar y bwyd i gyd. Ond y peth gwaethaf yw gwybod y bydd rhaid mynd yno eto fory.

'Run mor flinedig heddiw. Ond rwy'n benderfynol o ysgrifennu popeth ddigwyddodd i fi yn ystod fy niwrnod cyntaf yn y felin. Mae'n *rhaid* i fi ddweud wrth rywun, ac wrth bwy arall fedra i fwrw 'mol?

Ces fy neffro'n gynnar – am bump o'r gloch, meddai Dad pan ofynnais iddo. Roedd Mam wedi codi erbyn i fi wisgo, a phan es i lawr ati gafaelodd yn fy mraich a rhwbio clwtyn gwlyb dros fy wyneb a 'nwylo. "Gwnaiff hynna'r tro am nawr," meddai, "ond cofia, bydd rhaid molchi'n iawn ddydd Iau a dydd Llun nesa." Yfais gwpanaid o de cynnes ac roedd bara ceirch a menyn ar y bwrdd. Ond doedd dim amser i'w fwyta oherwydd roedd sŵn drysau'n agor a chau a chlocsiau'n clindarddach ar draws y clos. Roedd yn deimlad rhyfedd bod yn rhan o hyn. Sefais yno'n syfrdan tra rhoddodd Mam gwtsh sydyn i fi a gwasgu cwlffyn o fara a bacwn bras i'n dwylo ni'n dau cyn gwthio Dad a fi allan drwy'r drws.

Roedd yr aer oer yn mynd â f'anadl i a theimlwn yn gwbl effro. Ymunon ni gyda'r gweithwyr swnllyd eraill yn yr iard, a 'mol i'n corddi. Aeth Dad â fi'n syth i'r stafell gribo a rhoi fy nhystysgrif i Mr Davis, y goruchwyliwr. I ddangos fy oedran. Yn ôl y ddeddf does dim hawl ganddo i wneud i fi weithio am fwy na deuddeg awr y dydd. Mr Davis sy'n gyfrifol am y stafell gribo, ond o, mae'n gas gen i'r dyn. Mae e *bob* amser yn gweiddi. Rwy wedi sylwi ei fod e'n pigo ar un ferch fach. Mary Whittle yw ei henw. Mae hi'n edrych yn fwy ofnus na fi hyd yn oed.

Cefais fy rhoi i weithio gyda chribwraig o'r enw Annie. Ei gwaith hi yw bwydo'r peiriant cribo gyda'r gwlân glân. Mae hi'n eitha hen, rwy'n credu, oherwydd mae ei gwallt yn wyn – ac nid oherwydd y fflwff gwyn sy'n mynd ar ein gwallt a'n dillad ni. Dyw hi ddim yn dweud llawer, ond fe ddangosodd i fi beth oedd fy ngwaith a dweud wrtha i am roi fy ngwallt i fyny a thorchi fy llewys rhag ofn iddyn nhw gael eu dal yn y peiriannau. Ro'n i wedi sylwi fod pawb wedi cicio'u clocsiau oddi ar eu traed wrth ddod i mewn oherwydd mae'r llawr yn llithrig gan olew. Fe dynnon ni ein sioliau hefyd cyn dechrau gweithio, ac mae rhai o'r gwragedd yn clymu eu cotiau o gwmpas eu gyddfau. Mae'n mynd yn boeth yn y stafell, ond ddim hanner mor boeth â'r stafell nyddu.

Mor flinedig erbyn amser cinio. Chwarae teg i Annie: fe wnaeth hi rannu ei phastai â fi, a heblaw am hynny fe fyddwn i wedi llwgu oherwydd doedd gen i ddim arian i brynu un. Teimlo cywilydd a diflastod wrth ddweud wrthi a dim ond balchder oedd yn fy atal i rhag crio.

Dwedais wrthi fod Mam yn fy nisgwyl i adre i ginio ond doedd gen i ddim digon o amser. Deuddeg awr rwy i fod i weithio. Deuddeg awr! Ches i ddim un egwyl gyfan, a hyd yn oed ar ôl i'r gloch ganu ro'n i'n dal i fod yn y stafell gribo. Ond dyw Mr Davis yn becso dim – tystysgrif neu beidio. A does *dim* alla i ei wneud. Fedra i byth ddychmygu dod yn gyfarwydd â hyn, yr holl oriau, ac os rhywbeth mae 'nghoesau a 'mreichiau i'n brifo'n waeth heddiw na ddoe.

Dydd Mercher, Mai 25

Rhoddodd Mam geiniog i fi i brynu cinio heddiw. Mae'n dda hynny oherwydd ches i ddim awr ginio gyfan heddiw chwaith, a does dim digon o amser i fynd adre am ginio. Mae Mam mor grac fod Mr Davis yn fy nghadw i'n ôl i lanhau, ond does dim y gall hi ei wneud. Os bydd hi'n cwyno efallai y caf i fy ngwahardd o'r gwaith, ac mae angen yr arian arnon ni.

A'r dirwyon – un ddirwy am bob rheol sydd ar y rhestr ar y wal. Dwy geiniog am beidio â glanhau'r llawr. Yr un faint os ydych yn hwyr 'nôl i'r gwaith. Mae rheolau ynglŷn â pha mor aml ry'n ni'n molchi hefyd. Rhaid gwneud hynny o leia ddwy waith yr wythnos – bob bore Llun a Iau, fel dwedodd Mam. Mae hynny'n golygu y bydd rhaid codi'n gynt nag arfer ar y diwrnodau hynny oherwydd cewch ddirwy o dair ceiniog os nad ydych wedi molchi'n lân. Ond mae Annie'n dweud y bydda i'n iawn dim ond i fi gyrraedd yn brydlon, cadw llygad barcud ar y peiriant a gwneud fy ngwaith.

Mae Annie'n garedig. Rwy'n ffodus 'mod i'n gweithio gyda hi. Mae rhai o'r cribwyr yn trin eu cynorthwywyr fel baw – fel y Matilda 'na. Mae'n ddynes fawr gyda thafod a llaw filain, ac weithiau mae ei gwas bach mewn dagrau. Un rhan-amser yw Sam. Naw awr yn y felin a dwyawr yn ysgol y felin. Mae Annie'n dweud fod yr athrawes yn cael trafferth ysgrifennu ei enw a byddai man a man iddo gysgu am ddwyawr yn lle mynd i'r ysgol o ran faint mae'n ei ddysgu yno. Ond mae Annie'n wahanol. Yn ystod yr awr ginio heddiw aeth i nôl cwpanaid o ddŵr i fi i leddfu'r cosi yn fy ngwddwg. Rwy wedi bod yn peswch ac yn tuchan tipyn heddiw. Ond doedd y dŵr ddim wedi cael ei newid ers amser ac roedd e'n llawn fflwff – roedd rhaid i mi ei dynnu allan cyn imi allu yfed diferyn. Mae 'na olwyn ar un ochr i'r stafell sydd i fod i greu ychydig o awel a chael gwared o'r llwch, ond mae o wedi hen dorri ac mae'r aer yn llawn fflwffach, fel mae Annie'n ei alw. Mae'r llawr wedi'i orchuddio â'r stwff hefyd.

Does dim un darn cotwm yn cael ei wastraffu ac mae'n cael ei sgubo tra bo'r peiriannau'n dal i droi. Y prynhawn 'ma ro'n i ar gymaint o frys, bu bron i mi lithro ar y llawr gludiog ac i mewn i'r peiriant. Roedd rhai o'r lleill wedi chwerthin am fy mhen. Maen nhw wedi dod i'r casgliad 'mod i'n ffroenuchel ac am fy ngweld i'n mynd i drwbl gyda Mr Davis. Mae'n anodd gwrando ar gyngor Annie a'u hanwybyddu nhw. Bob tro y bydda i'n edrych ar Mr Davis mae e'n fy ngwylio i, ac rwy'n fodiau i gyd. Un diwrnod rwy'n siŵr y bydda i'n syrthio wrth gario un o'r caniau mawr; bydd y siobynnau'n datod dros y llawr oeliog a byddaf yn colli fy ngwaith.

Dydd Iau, Mai 26

Mae Dad yn cael ei ddeffro gan y cnociwr yn taro'i bolyn hir yn erbyn y ffenest, ond dydw i'n clywed dim tan i lais Dad sibrwd yn fy nghlust, a theimlo'i law yn siglo f'ysgwydd i. Mae Dad yn dweud y bydda i'n deffro ar yr amser cywir cyn bo hir. Ond dydw i ddim yn gallu dychmygu hynny'n digwydd byth. Dydw i ddim yn hoffi'r olwg ofnus yn ei lygaid pan rwy'n araf yn deffro, mae e'n nerfus ac aflonydd, mae e'n ofni bod yn hwyr. Dad yw un o'r nyddwyr gorau'n y felin – mae ei fysedd yn chwim, ac mae'r cotwm fel sidan main. Byddai'n golled i'r felin. Does ond gobeithio eu bod nhw'n sylweddoli hynny.

Sylwais heddiw fod golwg flinedig iawn ar Annie. Fel sawl un o weithwyr y stafell gribo, mae'n cael ei phoeni gan ryw beswch cas. Mae hi'n denau iawn hefyd, ac yn ddi-liw fel rhai o'r lleill – ei chroen yn rhyw liw melyn fel gwêr, nid yn binc fel fi – arwydd ei bod hi wedi gweithio yma ers amser hir iawn. Ro'n i wedi cael yr argraff ei bod hi'n reit hen, ond dwedodd wrtha i heddiw mai dim ond 30 yw hi.

Dydd Sadwrn, Mai 28

Heddiw, dim ond am naw awr y buon ni'n gweithio yn lle deuddeg, ac wedyn rhedais gyda'r gweithwyr eraill i gael fy nghyflog cyntaf. Pan ddes i allan i'r iard ar ôl gorfod sefyll mewn rhes am sbel, gwelais Dad yn sefyll wrth y gât. Edrychais ar ei wyneb yn chwilio amdana i ynghanol y dorf – y crwydriaid, y llaeswyr, y glanhawyr a'r ystofwyr. Dyw rhai ohonyn nhw fawr hŷn nag Emmy, ac mae cylchoedd du o dan eu llygaid trwm. Goleuodd wyneb Dad pan welodd e fi'n dod, ac fe feddalodd y dicter rwy wedi'i deimlo tuag ato'n ddiweddar. Roedd yn deimlad anghyfarwydd pan roddodd ei freichiau amdanaf, ond yn deimlad braf iawn. Cododd ei law i frwsio rhywbeth o 'ngwallt, ac wrth i'r darnau gwyn ddisgyn oddi arno, fe deimlais ei fod e'n ceisio brwsio'r felin oddi arna i.

Cawson ni groeso mawr gan Mam, a diolchodd o waelod calon pan roddais fy nghyflog pitw iddi. Tri swllt a phedair ceiniog! Dyna'r cyfan oedd gen i i'w roi. Ond gallwn dyngu fy mod i wedi rhoi llond dwrn o sofrenni aur yn y potyn. Dwedodd y ddau wrtha i y dylwn i deimlo'n falch 'mod i'n helpu'r teulu ar adeg mor fain.

Dydd Sul, Mai 29

Codi'n hwyr ac yna helpu Mam i baratoi bwyd. Dwedodd Dad taw dyna'r pryd gorau gafodd e erioed, a gwenodd arna i wrth ddweud hynny. Fel petai fy nghyflog pitw i wedi creu'r fath wledd! Tatws a menyn a darnau o facwn, a the i ddilyn. Ar ôl helpu Mam i glirio'r llestri, roedd Emmy am i fi chwarae gyda hi, ond

gwthiais hi i ffwrdd a dweud wrthi am fynd i chwarae
gyda'r plant eraill. Teimlais gywilydd wedyn am ddweud
y ffasiwn beth wrth weld ei hwyneb trist, ond doedd gen
i ddim egni i chwarae. Pan ddof i'n fwy cyfarwydd â'r
oriau hir, efallai y caf i astudio rhywfaint – ond amser a
ddengys.

Dydd Llun, Mai 30

Gwnaeth yr hoe a gefais i ddoe les mawr i mi, ac ro'n i
wedi deffro cyn Dad bore 'ma. Ond roedd y diwrnod yn
hir! Y prynhawn 'ma dechreuais freuddwydio am fynd
'nôl i'r ysgol. Nid fel disgybl – fel athrawes wrth gwrs!
Teimlais slap galed a'm deffrodd o'm breuddwyd. Roedd
un o'r caniau'n llawn a'r darnau edafedd yn gorlifo.
Brysiais i nôl un gwag, gan deimlo fy moch yn llosgi.
Feiddia i ddim breuddwydio. Bob ychydig funudau rhaid
cyfnewid y caniau llawn am rai gwag. Dyw'r peiriannau
ddim yn stopio tan i'r gloch ganu amser cinio. Weithiau
maen nhw'n dal i redeg pan fyddwn ni'n cael ein toriad
brecwast byr.

Heno, dwedodd Dad fod melin Lever yn dod i stop.
Bydd gweddill yr Armthwaites yn ddi-waith nawr. Yn ôl

Mam, mae'n rhaid i Bill Armthwaite fynd at y Bwrdd i ofyn am help – does dim dewis ganddo. Naill ai hynny neu'r wyrcws fydd eu tynged – "os bydd lle iddyn nhw," meddai'n drymaidd. Ond roedd Dad o'r farn y bydden nhw'n anfon Bill i weithio'n yr iard gerrig. Mae'n ddyn cryf, meddai. Ond dydw i ddim mor siŵr – un â choesau cam a brest wan yw e, ddwedwn i, fel pob troellwr yn ei dro. Ond yn ddigon cryf i ddifetha'i ddwylo am ychydig sylltau bob wythnos. Rwy'n cofio adegau digon caled, ond dim byd tebyg i hyn. Er cymaint rwy'n ei chasáu, gweddïaf nad yw'n melin ni'n mynd i gau. Duw a ŵyr beth ddigwyddith i ni wedyn.

Dydd Sadwrn, Mai 28

Mae Emmy wedi dechrau fy nilyn i i bobman pan fydda i adre, ac mae'n anodd cael amser tawel i sgrifennu. Mae'n fy nilyn i lan llofft ac rwy'n ei gweld hi'n edrych yn ddrwgdybus o gwmpas y stafell. Mae'n meddwl fy mod i'n cadw rhywbeth rhagddi. Mae'n amau beth rwy'n ei wneud lan fan hyn ar fy mhen fy hun. Weithiau daw i mewn pan rwy'n sgrifennu heb roi amser i guddio'r dyddiadur o dan un o'r styllod rhydd, ac rwy'n ei stwffio o dan y blanced tan iddi fynd. Fy nghyfrinach *i* yw'r dyddiadur hwn a dydw i ddim am ei rannu gyda neb – ddim hyd yn oed Jac. Pan rydw i i fyny yn fy llofft, dydw i ddim ar fy mhen fy hun rywsut. Mae hynny'n swnio'n rhyfedd, rwy'n gwybod, ond yn aml yn ddiweddar rwy'n teimlo fod William 'nôl. Yn enwedig pan fydda i'n sgrifennu yn y dyddiadur. Efallai 'mod i'n teimlo weithiau 'mod i'n siarad ag e wrth ysgrifennu. Weithiau mae e mor real fel 'mod i'n teimlo ei fod e'n eistedd gyda fi. Rwy'n dal fy anadl ac yn gallu ei glywed e'n agos. Ac yna rwy'n sylweddoli 'mod i'n wirion ac mae'r teimlad yn diflannu, ac rwy'n teimlo'n unig a digalon eto.

Dydd Sul, Mehefin 5

Gadawodd yr Armthwaites bore 'ma. Maen nhw wedi mynd i aros gyda'u teulu sy'n byw ychydig i'r gogledd o Ancoats tan i Bill gael gwaith. Rwy wedi gweld eu cefndryd pan fuon nhw'n ymweld – teulu mawr arall. Sut yn y byd maen nhw i gyd yn mynd i ffitio i un tŷ bychan, wn i ddim. Syllais arnyn nhw o ffenest fy llofft, yn llwytho'r gert fach â'u heiddo prin. Roedd fy nghalon yn gwaedu drostyn nhw. Roedd Mam wedi deffro hefyd oherwydd y sŵn. Brysiodd allan o'r tŷ wrth i Bill Armthwaite godi'r siafftiau. Roedd hi'n fore iawn a doedd neb arall o gwmpas i ffarwelio â nhw – ddim hyd yn oed Mrs Elias fusneslyd. Rhedodd Mam i gefn y gert ac yno roedd Molly Armthwaite yn sefyll, un llaw ar y gert a'r llall yn llaw un o'r bechgyn bach.

Tynnodd Bill y gert â herc, a siglodd y plant o ochr i ochr gan ddal yn dynn yn yr ochrau. Roedden nhw'n piffian chwerthin ac yn neidio o gwmpas yn eu seddau wrth i'r gert sgrytian dros y tyllau. Roedd golwg gyffrous ar bob un ohonyn nhw, fel petaen nhw'n mynd ar antur fawr. Gafaelodd Mam yn dynn yn Molly Armthwaite tan i'r gert symud yn araf trwy fynedfa gul y clos. Cadwodd Molly ei phen yn isel.

Wrth fwyta brecwast sylweddolais fod Dad wedi mynd allan eto. Dydw i ddim yn credu fod Mam wedi sylwi. Roedden ni mewn rhyw fath o lesmair drwy'r dydd – yr Armthwaites oedd ar feddwl pawb.

Dydd Mawrth, Mehefin 7

Y diwrnod gwaethaf *erioed* yn y felin. Yn waeth na'r diwrnod cyntaf, ac ro'n i'n dal i grynu pan gyrhaeddais adre. Es i'r llofft yn syth, yn gweddïo na fyddai Emmy'n fy nilyn, ond fe wnaeth hi, a do'n i ddim eisiau siarad â hi. Do'n i ddim eisiau siarad gyda neb – ddim hyd yn oed Tad-cu, heb sôn am Emmy. Gwaeddais arni i adael llonydd i fi ac fe griodd hi a rhedeg i lawr y grisiau. Gallwn ei chlywed yn cwyno wrth Mam. Yna gwaeddodd Mam arna i ond roedd ei llais yn swnio'n bell. Ro'n i'n dal i glywed sgrech Mary'n glir. Pan gaeais fy llygaid gallwn weld yr olwg ar wyneb Sam wrth i Matilda fynd amdano.

Ddiwedd y prynhawn ddigwyddodd e, ar ôl i Mam ddod â the i mi. Ro'n i wedi sylwi ar Sam yn dechrau pendwmpian ac yna'n codi'i ben yn sydyn. Yna dechreuodd bendwmpian eto a dyma fe'n syrthio ymlaen yn araf bach. Doedd neb arall wedi sylwi ond allwn i ddim siarad. Roedd y geiriau'n sownd yn fy mhen. Fedrwn i ddim gadael y peiriannau, ond cadwais un llygad arnyn nhw a'r llall ar Sam druan wrth iddo agosáu at ddannedd miniog y peiriant cribo anferth. Yna clywais sgrech a gafaelodd llaw Matilda ynddo a'i dynnu'n ôl. Oedd Mr Davis yn pryderu? Go brin, roedd e'n gandryll. Gwaeddodd ar Matilda ac ar Sam, ac yn ddiweddarach gwelais Matilda'n rhoi bonclust i Sam pan oedd e'n swatio wrth ymyl y peiriant, ei freichiau wedi'u lapio dros ei ben. Roedd wyneb Matilda'n goch gan ddicter. Fedra i ddim credu fod Sam yn naw oed – mae ei goesau mor fain â dwy frwynen.

Yna, tro Mary Whittle oedd hi. Mae Mr Davis wastad yn pigo arni hi a fedra i ddim credu ei bod hithau'n naw oed chwaith. Mae Mary'n gwneud rhyw fân dasgau fel glanhau a chario'r cotwm glân at y peiriannau cribo. Mae'n edrych mor flinedig drwy'r amser, a'i chefn yn grwm gan bwysau'r llwythi cotwm.

Beth bynnag, fe gwympodd hi heddiw, a syrthiodd y cotwm yn glep ar lawr. Roedd Mr Davis wedi llamu draw ati a chydio ynddi gerfydd ei gwallt. Roedd hi'n gwichian fel mochyn wrth gael ei llusgo ar draws y stafell. Fe geisiodd un o'r plant bach eraill glirio'r annibendod. Byddwn i wedi hoffi gallu cau fy llygaid mor dynn fel ei bod hi'n amhosib gweld wyneb Mary druan, ond ro'n i'n gwybod na fedrwn i byth gau allan sŵn ei sgrechfeydd.

Dydd Gwener, Mehefin 10

Fory fydd diwedd fy nhrydedd wythnos yn y felin. Dwedodd Annie bod fy ngwaith yn ei phlesio – fy mod i'n gweithio'n galed a chyflym. Dwedais wrthi nad yw Mr Davis yn fy ngwylio mor fanwl ag arfer. Ond dyw ei geiriau hi'n fawr o gysur. Rwy eisiau'r hen amser 'nôl!

Dydd Sadwrn, Mehefin 11

Roedd Emmy'n ddigalon heddiw. Roedd Mam wedi cael darn o gig ar gyfer ein te, ond pan welodd Emmy e dyma hi'n sgrechian crio a gwthio'i phlât ar draws y bwrdd. Pan oedd y beichio wedi tawelu tipyn a hithau'n dechrau igian, fe lwyddon ni i'w pherswadio hi i ddweud beth oedd yn bod. Mae'n debyg ei bod hi wedi clywed si am bobl oedd yn gorfod bwyta cig cŵn. Doedd dim arall iddyn nhw ei fwyta, llefodd. Cig ci neu lwgu. Ro'n i'n tagu chwerthin, roedd y peth mor ddwl. Oedd Emmy'n meddwl o ddifri y byddai Mam yn coginio ci i swper? Dwedais wrthi am beidio â bod yn wirion, ond roedd golwg flin ar Mam, felly caeais fy ngheg. Stwffiais fy ffedog i mewn i 'ngheg i stopio chwerthin. Ond roedd gwefusau Dad yn gwingo hefyd. Mae'n debyg bod posteri wedi cael eu pastio o gwmpas y dre yn sôn am ryw deulu oedd wedi gorfod bwyta cig ci neu fynd heb ddim. Dwedodd Dad mai Cynghrair Diddymu'r Deddfau Ŷd oedd wedi bod wrthi. Edrychais arno'n hurt, ac ar ôl meddwl am dipyn dyma fe'n ateb: "Mae'r Gynghrair yn meddwl petaen nhw'n cyfnewid y ci am dorth o fara y byddai popeth yn iawn." Un da oedd Dad am dynnu coes! Roedd ei lygaid e'n pefrio wrth siarad, felly rwy'n credu mai tynnu coes roedd e. Ond ro'n i wedi colli unrhyw awydd am fwyd erbyn hyn, a doedd Mam ddim yn bles pan wthiais i fy mhlât i ffwrdd hefyd. Nid y bwyd yn unig oedd yn troi fy stumog. Roedd hanes y teulu ar y posteri ar fy meddwl. Oedd e'n wir? Oedd rhaid i'r teulu anghenus fwyta ci? Wnaeth Dad ddim ateb, ond fel mae pethau'n mynd yn y dre 'ma, fyddwn i'n synnu dim.

Dydd Sul, Mehefin 12

Rwy wedi llwyddo i ddarganfod mwy am y Siartwyr ac rwy bron â marw eisiau sôn wrth rywun amdanyn nhw. Prynhawn 'ma oedd hi. Ro'n i wedi mynd ar neges dros Mam – gofynnodd i fi fynd â pharsel i Mrs Barlow, hen gymydog oedd yn arfer byw ar y clos. Wrth i fi fynd, dwedodd wrtha i am frysio a pheidio â loetran. "Fedra i ddim mynd o achos Emmy," meddai'n ofidus. "A fedra i ddim gofyn i Tad-cu gerdded mor bell. Ond mae gen i ffydd ynddot ti, ti'n ferch fawr nawr," a rhoddodd gusan ar fy moch. Roedd hynny i fod i wneud popeth yn iawn, mae'n siŵr, ond ro'n i'n falch o gael mynd allan o'r tŷ. Roedd Emmy wedi deffro ag annwyd a chur pen bore 'ma, ond o'r holl ffys fe fyddech chi'n meddwl ei bod hi'n dioddef o'r pla gwyn! Ond dilynais ei chyngor a cherdded yn gyflym i ddechrau, ond roedd yn ddiwrnod braf a'r strydoedd yn llawn pobl, ac yn fuan iawn fe ddechreuais lusgo 'nhraed.

Wrth i mi droi i gyfeiriad tŷ Mrs Barlow, fe welais i nhw. Yr holl faneri! Yn chwifio drwy'r awyr i lawr tuag at y stryd nesa. Ar un roedd "O'Connor – Arwr y Bobl" ac ar un arall: "Dim Ildio!" Roedd y drydedd yn hofran mor uchel fel nad o'n i'n gallu ei gweld hi'n glir, ond pan chwythodd y gwynt tuag ata i darllenais y geiriau: "Y Siartwyr". Cyn i mi sylweddoli, roedd fy nhraed yn dilyn y lli. Stryd ar ôl stryd. Do'n i ddim yn siŵr i ble ro'n i'n mynd – yna dyma droi'r gornel a gweld tyrfa enfawr o bobl o 'mlaen. Yna gwahanodd y dyrfa'n ddwy a chefais fy ngwthio'n ôl – bron i'r wasgfa fynd â fy anadl i. O 'mlaen camodd grŵp o ddynion drwy ganol y dorf. Roedd yr arweinydd yn edrych yn union yr un fath â Dad mewn trowsus a siaced frethyn, ond nid gweithiwr cyffredin oedd hwn. Roedd tân yn ei lygaid a theimlais fy hun yn cynhyrfu'n lân. Edrychais o 'nghwmpas yn llawn cyffro. Roedd nifer o wragedd yn y dorf. Roedd sawl un ohonyn nhw'n gwisgo rubanau gwyrdd ac roedden nhw'n rhannu'r un teimladau â fi. Roedd rhai'n crio – ond nid am eu bod nhw'n drist. Ro'n i'n teimlo awydd crio hefyd am ryw reswm. Yna fe deimlais rywun yn gafael yn dynn yn fy mraich a 'nhynnu i am yn ôl. Ceisiais ei wthio i ffwrdd. Clywais lais yn hisian, "Eliza, beth wyt ti'n neud 'ma?" Jac oedd e!

Fe allwn i ofyn yr un cwestiwn iddo *fe*! Dwedodd Jac ei bod hi'n sefyllfa beryglus ac y byddai'n fy hebrwng i adre. Ond atebais y byddai'n rhaid iddo fy llusgo i 'te. Gwyddwn mai Siartwyr oedd y bobl hyn a do'n i ddim yn fodlon gadael nes iddo ddweud y *cwbl* wrtha i. Ro'n i eisiau gwybod pwy oedd y dyn yn y siaced frethyn, a pham roedd y gwragedd yn gwisgo rubanau gwyrdd yn eu gwalltiau. "Iawn," meddai. "Ond rhaid i ti addo na ddwedi di wrth neb. *Neb*, iawn?" Roedd golwg mor ddifrifol arno ro'n i bron â chwerthin am ei ben, ond fe roddais fy ngair. Ro'n i'n iawn. Siartwyr oedden nhw a gwyrdd oedd eu lliw swyddogol. Roedden nhw wedi dod i wrando ar araith Fergus O'Connor.

Cofiais y geiriau ar un o'r baneri: O'Connor – Arwr y Bobl. Y dyn yn y siaced frethyn oedd e. "Mae e'n wahanol i'r boneddigion eraill," meddai Jac. "Nid fel gweddill y meistri. Mae e'n credu'n gryf yn hawliau'r gweithwyr." Edrychais ar Jac yn syn. Roedd ei lais mor chwyrn. "Pam oeddet ti'n ofni dweud hyn wrtha i?" gofynnais.

"Oherwydd fod y meistri'n gwahardd unrhyw un sy'n cefnogi'r Siartwyr," atebodd. Esboniodd fod y Siartwyr yn ymladd i gael Siarter y Bobl yn ddeddf gwlad. "Mae'r

Siartwyr yn mynnu bod pob gweithiwr yn cael yr hawl i bleidleisio, Eliza. Yna fe allwn ni ethol llywodraeth a fydd yn gwrando arnon ni. Fe ddysgan nhw am ein bywydau caled. Pan ddigwyddith hynny, bydd y meistri'n colli'r hawl i reoli'n bywydau. Wnân nhw ddim ildio grym yn hawdd."

Sylwais nad oedd e wedi crybwyll y gwragedd o gwbl. Oedden nhw'n mynd i gael yr hawl i bleidleisio hefyd? "Rhyw ddiwrnod, mae'n siŵr," atebodd Jac, "ond un cam ar y tro." Roedd rhai Siartwyr o blaid rhoi'r hawl i ferched gael y bleidlais, ond eraill yn teimlo mai'r dynion yn unig ddylai gael pleidleisio, am y tro. Dwedodd fod 'na ddeiseb wedi cael ei harwyddo gan y Siartwyr a fyddai'n cael ei chyflwyno i'r Senedd ym mis Mai. "Roedd angen un ar bymtheg o ddynion cryf i'w chario hi, Eliza. Roedd hi'n rhy fawr i ffitio drwy'r drws ac roedd rhaid ei thorri hi'n ddarnau er mwyn ei chael hi i'r adeilad. Mae dros dair miliwn o'r werin bobl wedi ei harwyddo hi. Dychmyga!"

Cyn gynted ag y dwedodd e wrtha i, gwyddwn o'r ffordd roedd e'n edrych arna i fod Dad wedi torri ei enw ar y ddeiseb. Ro'n i'n teimlo'n gymysglyd. Yn gyffrous, ac ofnus ar yr un pryd. "Gwrthododd y Senedd y ddeiseb fis dwetha," meddai Jac. "Maen nhw'n ofni hefyd – ofni'r Siartwyr. Ond ryw ddiwrnod fe fyddan nhw'n gwrando. Bydd rhaid iddyn nhw," ychwanegodd yn flin.

Os nad oedd tair miliwn o bobl yn ddigon i newid meddwl, beth oedd? "Ry'n ni wedi cael ein clymu i'r peiriannau," dwedais. "Wnawn ni *byth* ddianc."

"Nid y peiriannau yw'r broblem ond y gwaith," meddai Jac. "Y cyflogau. *Rhaid* i bethau newid."

Ond sut? Roedd syniadau'r Siartwyr yn wych, ond wrth edrych ar y dorf anferth teimlais ryw ansicrwydd hefyd. Beth petai'r holl bobl yma'n penderfynu taw digon yw digon – digon ar y cyflogau pitw, digon ar weld eu plant yn llwgu? Yna cofiais eiriau Dad am Gynghrair Diddymu'r Deddfau Ŷd. Mae cymaint yn digwydd yn y dre 'ma – pethau'n digwydd o dan yr wyneb. Fel crochan mawr yn dod i'r berw.

Wrth gerdded adre fe wnaeth Jac fy rhybuddio eto i beidio â dweud gair wrth neb am hyn. Ddim hyd yn oed wrth y teulu. Mae'n anodd gwybod pwy allwn ni ymddiried ynddyn nhw. Mae ei eiriau'n fy ngwneud i'n bryderus.

Roedd Mam yn gynddeiriog pan gyrhaeddais adre. Ro'n i wedi anghofio'r cwbl am y neges, a gofynnodd pam fues i mor hir. Edrychodd yn rhyfedd ar Jac hefyd, er iddi ddiolch iddo am fy hebrwng i adre. Roedd hi bron â mynd yn ddwl yn poeni amdana i, meddai. "Dyw merched ddim i fod i loetran ar y strydoedd y dyddie 'ma. Dyw hi ddim yn saff," meddai. "Ble mae dy synnwyr cyffredin di?" Does neb yn mynd i gael y gwirionedd allan ohona i, felly rwy'n credu y bydd raid i mi aros yn fy llofft am sbel.

Rwy prin yn medru gweld yn ddigon da i sgrifennu, ond fe wna i 'ngorau. Rwy'n gobeithio y caf i wared o'r ofnau wrth eu hysgrifennu nhw ar bapur. Dad sy'n fy mhoeni fwyaf. Roedd hi'n hwyr iawn erbyn iddo ddod yn ôl, ond roedd Mam yn barod amdano. Clywodd Emmy a fi hi'n gweiddi arno. Roedd hi'n gwybod yn iawn ble roedd e wedi bod; roedd hi wedi cael llond bol ar y Siartwyr a byddai'n colli ei waith petai e ddim yn ofalus. "Bydd yr ystofwr 'na'n cymryd dy le di," gwaeddodd, "a byddwn ni allan ar y stryd." Roedd Emmy'n crio erbyn hyn a cheisiais ei chysuro, ond do'n i ddim yn argyhoeddedig o hynny fy hunan. Yn nwfn fy nghalon do'n i ddim yn meddwl y byddai Dad mor ddwl â pheryglu ei swydd, ond pam roedd Mam yn gweiddi cymaint arno? Ac yna meddyliais am yr hyn roedd Jac wedi'i ddweud – am y Siarter a'r ddeiseb a beth fyddai'n digwydd petai'r meistr yn darganfod fod Dad wedi'i harwyddo . . .

Dydd Sadwrn, Mehefin 18

Ar ôl i mi gyrraedd adre o'r gwaith aeth Mam, Emmy a fi lawr i'r farchnad. Rydw i wrth fy modd yn loetran wrth y stondinau bach fel arfer, ond heddiw roedd fy llygaid yn cael eu denu gan y posteri oedd ym mhobman. Nid yn unig rhai'n sôn am deuluoedd yn bwyta cŵn, ond rhywbeth arall, yr un mor ddychrynllyd. "Heddwch y Cyhoedd mewn Peryg oherwydd Newyn ym Manceinion," oedd arnynt mewn llythrennau breision du. Ro'n i eisiau aros i'w darllen yn fanylach, oherwydd ro'n i bron yn siŵr mai posteri'r Siartwyr oedden nhw, ond sylweddolodd Mam beth oedd fy mwriad a gafaelodd yn dynn yn fy mraich a'm llusgo i oddi yno'n gyflym. Mae hi'n dal yn ddig. Rwy'n synnu ei bod hi wedi bodloni i fi fynd allan o gwbl!

Roedd hi'n gwasgu fy mraich ac fe gerddodd hi'n gyflym wedyn. Doedd fy nghoesau poenus ddim yn medru dal i fyny â hi. Ac yna fe welais Mrs Legg. Roedd ei phen mor isel fel ei fod e bron yn cyffwrdd â'r llawr. Mewn un llaw roedd hi'n dal sach ac roedd y llall yn chwilio am dameidiau o fwyd oedd wedi syrthio oddi ar y stondinau. Clywais rywbeth yn syrthio wrth fy ymyl.

Roedd un o'r stondinwyr wedi gollwng rhywbeth ar lawr. Gwaeddodd Mrs Legg mewn gorfoledd. Yno, wrth ei thraed, roedd cabatsen ffres, fendigedig. Gwyliais hi'n plygu i'w rhoi hi yn ei sach. Ond wrth i'w bysedd rhychiog afael ynddi, saethodd llaw fudr allan o dan y stondin a'i thynnu oddi wrthi. Ro'n i mor grac fod rhywun wedi meiddio gwneud y ffasiwn beth i'r hen Mrs Legg druan nes imi fynd o dan y stondin i'w chipio hi'n ôl.

Pwy oedd yno ond un o blant bach yr Armthwaites. Roedd ei llygaid mawr yn syllu'n benderfynol arna i, ac yna i ffwrdd â hi'n gyflym yn ôl o dan y stondinau, a'r gabatsen yn ddiogel yn ei ffedog fudr. Meddyliais am y geiriau ar y posteri a theimlais fel petawn i wedi cael dwrn yn fy stumog. Tynnais fraich Mam yn daer. "Beth sy'n bod nawr, Eliza?" meddai'n swta. Dwedais wrthi beth oedd newydd ddigwydd a chraffodd arna i. "Wyt ti'n siŵr?" gofynnodd. Roedd rhyw amheuaeth yn ei llais ac am eiliad dechreuais amau fy hun – mae 'na gymaint o blant bach yn llwgu ar y strydoedd. Ond na, ro'n i'n bendant. "I ble mae hi wedi mynd?" holodd Mam. Doedd gen i ddim syniad, ond dwedais fod golwg fochynnaidd a llwglyd arni. Roedd fy llais yn crynu – a'r dagrau'n cronni.

Dydd Sul, Mehefin 19

Aeth Mam i weld yr Armthwaites heddiw. Roedd golwg arswydus arni pan ddaeth hi'n ôl. Soniodd hi'r un gair am ei hymweliad. Rwy'n meddwl am yr hyn ddwedodd Jac am y Siartwyr, ond beth allan *nhw* ei wneud, beth all unrhyw un ei wneud i helpu pobl fel Mrs Legg a'r Armthwaites? Bydd angen mwy na geiriau tanbaid i lenwi eu boliau *nhw*.

Dydd Mercher, Mehefin 22

Gwelais Jac yn iard y felin ar ôl gorffen gwaith a rhedais ato. Gwenodd a gofyn sut o'n i. "O 'drychwch," meddai llais y tu ôl i mi. "Mae gan Eliza gariad. Beth ddwedith Annie tybed?" Ar fy ngwaethaf, fe wridais hyd fôn fy nghlustiau, a phan edrychais ar Jac roedd ei glustiau wedi troi'n binc – ac yna diflannodd. Ein hatgofion am William oedd wedi dod â Jac a fi'n agos – dyna ddiwedd arni. Pan gyrhaeddais adre dwedais yr hanes wrth Mam.

"Mae Jac yn hen fachgen iawn," oedd ei hateb gofalus. "Ond dyw pawb ddim yn deall taw hen ffrind yw e. Bydd pobl yn siŵr o siarad os gwelan nhw chi gyda'ch gilydd."

Dydd Iau, Mehefin 23

Cafodd un o'r merched yn y stafell gribo ddirwy heddiw. Dechreuodd feichio crio pan drawodd Mr Davis ei ffon ar y rhestr reolau, a sibrwd ei bod hi'n methu darllen. Doedd Mr Davis yn becso dim! Roedd gen i biti drosti, ac ro'n i'n methu credu nad oedd merch bymtheg neu un ar bymtheg oed yn medru darllen. Dwedais wrth Annie y byddai cywilydd arna i fod mor anwybodus, ond dwedodd hi wrtha i am beidio â beirniadu. Roedd nifer o'r merched wedi dechrau yn y felin yn ifanc iawn – doedden nhw ddim wedi cael cyfle. Rhoddodd ryw wên ryfedd, a gofynnais iddi pam roedd rhaid iddi hi ddechrau gweithio. Dwedodd ei bod hi wedi dechrau'n ifanc iawn. Doedd ei rhieni ddim am ei hanfon hi i'r felin, ond roedd pethau'n fain a doedd dim dewis. Pan oedd hi'n ifanc, roedd y felin yn cyflogi plant llawer iau hyd yn oed na fy chwaer fach.

Cefais sioc, oherwydd dyw Annie ddim fel y gwragedd eraill sy'n gweithio yma. Mae'n anodd credu nad yw hi wedi cael addysg. Gofynnais oedd hi'n gwarafun hynny. Cododd ei hysgwyddau a dweud nad oedd dewis ganddi. Wrth eistedd yma, a 'nghoesau poenus yn gorffwyso ar ddrôr y dresel, rwy'n methu'n glir ag anghofio geiriau Annie. Maen nhw'n fy nychryn. Pan edrychaf ar Annie mae golwg wedi llwyr ymlâdd arni, wedi ei threchu gan y peiriannau, ac yna'n sydyn nid Annie sydd yno ond fi fy hun – ymhen pymtheg mlynedd.

Dydd Llun, Mehefin 27

Teimlo'n sâl pan ddeffrais bore 'ma. Rwy wedi bod yn teimlo'n sâl bob hyn a hyn ers sawl diwrnod. Fel pe bai rhywbeth wedi clymu'n fy stumog – rhywbeth heblaw nerfau, rwy'n siŵr o hynny. Cafodd Dad drafferth fy nghodi o'r gwely, ac yna fe chwydais i rywfaint o fflwff o'r stafell gribo. Cerddon ni'n araf tuag at y felin, ac wrth y gât aeth Dad i nôl te poeth i fi a gwneud yn siŵr 'mod i'n ei yfed e cyn mynd i fewn. Gallwn weld ei fod e'n ceisio cuddio'i ofid – roedd e'n hercian o un droed i'r llall wrth i'r gweithwyr wthio heibio i fynd i'r felin. Felly fe yfais mor gyflym ag y gallwn i, gan deimlo'r ddiod yn llosgi 'mherfeddion a theimlai fy stumog y gic boeth.

Cyrraedd y stafell gribo heb eiliad i'w cholli! Fe ges i'r wg groesawgar arferol gan Mr Davis a golwg ofidus gan Annie, ond pan aeth hi i nôl dŵr i mi'n ddiweddarach fe dynnais wyneb arni a gwthio'r dŵr i ffwrdd. Byddai'n well gen i ddiodde'r gwddwg sych nag yfed y fath fochyndra.

Dwedais wrth Annie am y chwydu a'r boen bol. "Y fflwff sy'n achosi hynna," meddai. "Dyw rhai pobl yn meddwl dim am ei lyncu – mae'n llenwi twll pan maen nhw'n llwgu." Mae ei geiriau'n fy mhoeni. Rwy'n casáu'r dŵr. Ond erbyn canol y prynhawn, mae syched yn drech na mi. Ond mae cymaint o'r fflwff yn yr aer, dyw'r dŵr yn cael fawr o effaith.

Dydd Llun, Mehefin 27

Mae peswch cas wedi bod ar Annie drwy'r wythnos ond heddiw mae e'n waeth nag arfer. Roedd ganddi botel o ffisig yn ei phoced a byddai'n cymryd llwnc ohono pan fedrai. Mae'n twyllo ei hun ei fod e'n ei gwella, ond o fewn dim mae'n cael pwl arall o beswch ac mae'n gorfod cynnal ei hun drwy ddal yn dynn yn ochrau'r peiriant. Druan â hi. Mae'n anodd cadw llygad ar y peiriannau pan mae'n rhaid stopio mor aml i beswch. Roedd Mr Davis yn ei gwylio h'n amlach hefyd. Mae gen i ofn y bydd hi'n cael ei diswyddo. Awyr iach – dyna sydd ei angen arni. Rhaid cofio gofyn i Mrs Legg am bowltris i wella brest wan Annie.

Dydd Iau, Mehefin 30

Doedd Annie ddim yn y gwaith. Mae Mr Davis wedi gofyn i un o'r cynorthwywyr gymryd ei lle. Ei henw hi yw Sara. Merch soled â llygaid gwag yw hi sy'n gwneud ei gwaith yn ddiflas a diffwdan, ac yn syth ar ôl i'r gloch ganu mae hi â'i thrwyn mewn llyfr. Edrychais arni'n dilyn y geiriau'n araf ar draws y dudalen â'i bys. Doedd hi byth yn dweud gair. Wrth i'r dydd ddirwyn i ben ro'n i'n poeni mwy am Annie. Beth petai Annie'n cael dirwy drom am fod yn absennol, neu'n cael ei diswyddo? Ro'n i'n poeni ei bod hi'n sâl ac yn methu rhoi gwybod i Mr Davis.

Pan ganodd y gloch ar diwedd y dydd, cafodd Mr Davis ei alw allan o'r stafell. Pan ddaeth yn ôl galwodd ar Sara. Cyn gadael gofynnais iddi beth roedd e wedi'i ddweud. "Mae'r hen Annie yn yr Ysbyty Brenhinol," meddai. "Daeth ei chwaer i nôl y gorchymyn."

Dyna lle'r aeth William pan oedd e'n sâl. Teimlaf rywbeth yn fy ngwasgu tu fewn wrth feddwl am fynd i'r lle ofnadwy 'na eto. Ond rhaid i fi fynd – er mwyn Annie.

Dydd Sadwrn, Gorffennaf 2

Es i i'r ysbyty i weld Annie heddiw. Mae'n dipyn o daith o Ancoats, ond ymhen dim ro'n i'n cerdded i fyny'r grisiau llydan i'r fynedfa, â'r pileri anferth bob ochr. Roedd rhan ohona i'n ysu am droi'n ôl a rhedeg i ffwrdd. Roedd haid o nyrsys ymhobman, ac wrth i fi gerdded tuag at un ohonyn nhw clywodd hi fi'n nesu a throdd i'm hwynebu. "Beth wyt ti eisie?" brathodd. Esboniais pam 'mod i yno ac aeth â fi at y llawfeddyg oedd yn gyfrifol am ward Annie. Roedd y llawfeddyg yn plygu dros un o'r cleifion a phan safodd yn syth a sychu ei ddwylo ar ei ffedog gallwn weld y gwaed drosti. Ond roedd ganddo lygaid caredig a daeth ata i'n syth bìn. Dwedodd na allwn weld Annie am ei bod hi'n cysgu, ac yna gofynnodd pwy o'n i. Ro'n i'n gallu gweld ei fod e wedi dyfalu'n barod mai un o ferched y felin o'n i. Dwedodd yn blwmp ac yn blaen y byddai'n rhaid i Annie ddod o hyd i swydd arall oherwydd doedd ei hysgyfaint ddim yn mynd i allu dygymod ag awyrgylch stafell gribo.

"Dwi'n deall hynny, syr," dwedais wrtho. "Mae'r holl fflwff wedi cydio yn ei hysgyfaint a'i gwenwyno. Rhaid iddi ddianc o'r dre a mynd i'r wlad. Mae angen hoe arni ac awyr iach."

Fedrwn i ddim dioddef eiliad yn rhagor a brysiais allan, ond wrth gamu i'r stryd lydan unwaith eto daliais fy ngwynt. Roedd y goleuadau nwy wedi'u cynnau a theimlais fy mod i'n camu i fyd cwbl wahanol. Gwelais gerbydau urddasol yn mynd a dod o'r gwesty crand gyferbyn â'r clafdy. Ro'n i'n gegrwth – yr holl foneddigion cyfoethog yn cael eu hebrwng o'r cerbydau ac yn cerdded i fyny'r grisiau carpedog ac i fewn i oleuni llachar. Wrth edrych arnyn nhw fyddech chi byth yn dychmygu fod 'na argyfwng ym Manceinion, ac roedd yn codi cyfog arna i. Ac yna sylwais ar ferch ifanc yn sefyll mewn ffenest wydr loyw ac fe es i'n agosach ati. Roedd ei gwallt brown llipa'n hongian yn gudynnau o gwmpas ei hwyneb, ac roedd ei ffrog wedi'i gorchuddio â chlytwaith o fflwff oedd yn glynu fel plu. Roedd yr olwg arni'n fy syfrdanu. Ac yna sylweddolais pwy oedd hi. *Fi*. Ond na, doedd bosib. Y ferch fudr, flêr yna. Ai fi oedd hi?

82

Daeth dyn at ddrws y siop. "Bant â ti," meddai. "Sdim croeso i dramps fan hyn." Cydiais yn fy sgert a rhedeg am adre nerth fy nhraed.

Yn syth ar ôl cyrraedd adre, brysiais i lenwi'r bwced â dŵr ac fe sgrwbiais yn ddidrugaredd. Ond er molchi a molchi do'n i ddim yn medru golchi llun y ferch o 'mhen. Ymhen tipyn dwedodd Mam wrtha i am roi'r gorau iddi a gofynnodd beth ro'n i'n ei wneud. Dechreuais feichio crio. Allwn i ddim peidio – ro'n i wedi'i gadw e i mewn ers cymaint o amser, a phwysais yn erbyn Mam a chrio a chrio. Safodd hithau yno'n mwytho fy ngwallt heb ddweud dim. Ond fe deimlwn ei bod hi'n deall.

Dydd Llun, Gorffennaf 4

Mae'n ddiwrnod poeth, ac yn boethach fyth yn y stafell gribo. Pan ganodd cloch amser cinio brysiodd pawb allan i eistedd yn yr iard. Rwy'n cydymdeimlo'n fawr â Dad a'r Brighams. Mae'r stafell nyddu hyd yn oed yn boethach na'r stafell gribo, ac wrth i'r nyddwyr a'r ystofwyr ddod allan i gael eu cinio maen nhw'n tynnu eu teis ac yn oeri eu hwynebau coch â'u capiau. Mae'r boelerdai, lle mae'r injan stêm yn cael ei bwydo â glo, yn boethach fyth. Mae'r taniwr yn biws erbyn iddo dod allan yn simsan am ei fwyd. Mae'n rhaid tanio cyn i bawb arall gyrraedd y gwaith yn y bore – rhaid cael digon o bŵer i yrru'r peiriannau erbyn i'r gloch ganu.

Rwy'n gweld eisiau Annie. Mae Sara'n iawn, ond does dim siarad rhyngon ni. Amser cinio gwelais hi yn yr iard, a'i thrwyn mewn llyfr. Aeth y ferch Biddy 'na draw ati ac edrychais arnyn nhw'n chwerthin a siarad bymtheg y dwsin, eu coesau'n siglo 'nôl a 'mlaen, yn pwyntio bys a chael hwyl wrth syllu ar y bechgyn yn dod allan o'r stafell nyddu. Teimlais yn fwy unig a diflas nag erioed yn bwyta 'nghinio ar fy mhen fy hun. Rwy'n sylweddoli bod y dyddiadur gen i, ond o, byddai'n braf cael siarad â rhywun, nid rhyw gysgod yn unig – person go iawn, o gig a gwaed.

Dydd Gwener, Gorffennaf 8

Pan aeth Sara allan o'r stafell heddiw gwelais ei llyfr hi'n gorwedd ar y llawr. Codais e a'i agor – allwn i ddim peidio. Rwy wedi bod yn ysu am gael gwybod beth sydd ynddo. Yna teimlais law ar fy ysgwydd. Neidiais gan ofni gweld Mr Davis, ond Sara oedd yno. Ro'n i'n llawn cywilydd a rhoddais y llyfr yn ôl iddi'n syth ond gwenodd

arna i – gwên garedig am y tro cyntaf – a dweud y gallwn
i ei fenthyg e unrhyw bryd. Amser cinio fe wnes i ymuno
â hi yn yr iard a dwedodd wrtha i ei bod hi wedi dwlu ar
un o'r ystofwyr yn y stafell nyddu. Roedd ei hwyneb yn
goch i gyd, ond cadwodd ei enw'n dynn yn ei chalon.

Dydd Sul, Gorffennaf 10

Codi'n hwyr a threulio gweddill y dydd yn eistedd wrth
y ffenest. Allwn i ddim rhoi'r llyfr i lawr ac roedd rhaid i
Mam alw arna i sawl gwaith i ddod i gael te. Ond pan
welodd hi mai darllen ro'n i, roedd golwg falch iawn
arni. Feiddiwn i ddim dangos iddi beth oedd y llyfr
chwaith. Ar ôl ei orffen, cuddiais y llyfr yn yr un lle
cyfrinachol â'r dyddiadur.

Dydd Llun, Gorffennaf 11

Gorffen darllen llyfr Sara. "Ti'n darllen yn gyflym,"
meddai'n llawn edmygedd. Dwedodd y byddai'n dod ag

un arall i fi fory. Rwy'n teimlo'n hapus fod gen i rywbeth i fy helpu i anghofio fy mhroblemau o'r diwedd. Beth sydd o'i le ar hynny?

Dydd Mawrth, Gorffennaf 12

Cerddais adre heddiw gyda Dad a'r Brighams. Ro'n i'n falch o weld Jac. Rwy wedi bod yn ei osgoi'n fwriadol dros yr wythnosau diwetha oherwydd Mam, ond rwy wedi gweld eisiau ei gwmni. Rwy wedi teimlo'n unig heb Annie na Jac i rannu baich.

Cyn cyrraedd y clos, tynnodd Jac fi i'r naill ochr a sibrwd ar frys ei fod bron â gorffen ei ddyfais newydd a gofyn a hoffen i ei gweld. Ro'n i'n bles ei fod e am ei dangos i fi! Edrychais yn ymbilgar ar Dad a gwenodd a dweud y cawn fynd.

Teimlwn braidd yn wirion wrth i Jac redeg o gwmpas ei ddyfais ddiweddaraf a dangos i fi sut roedd hi'n gweithio. Allwn i ddim gwneud pen na chynffon ohoni. Roedd y gannwyll yn ffrwtian cymaint, roedd hi'n anodd gweld yn glir yn y seler. Mae Jac mor falch o'r ddyfais – byddai wrth ei fodd yn treulio pob dydd yn adeiladu a thrwsio peiriannau, ond byddai rhaid cael hyfforddiant fel saer melin neu beiriannwr, ac allai'r Brighams fyth fforddio talu am brentisiaeth. Dwedodd Jac y byddai'n ceisio cael patent arni unwaith roedd e wedi ei gorffen ac yna ei gwerthu i feistr un o'r melinau. Roedd e'n amau y byddai'r tâl amdani'n ddigon i dalu am hyfforddiant neu y byddai'r meistr yn fodlon rhoi gwaith iddo yn y gweithdy. "Beth am dy dad?" gofynnais. "Ro'n i'n meddwl ei fod e'n awyddus i ti fod yn nyddwr, a chymryd ei beiriant e pan ddaw'r amser?"

Ochneidiodd Jac. "Ydy," meddai. "Ond fe all Michael wneud hynny pan fydd e'n hŷn. Mae ei fraich yn mendio'n gyflym, ac fe fydd e'n ôl yn y felin cyn bo hir."

Gofynnodd wedyn sut roedd y gwaith astudio'n dod yn ei flaen. Mae'n rhaid 'mod i wedi edrych yn dwp arno oherwydd esboniodd, "Mae dy dad yn dweud fod dy drwyn di mewn llyfr byth a beunydd." Teimlais fy hun yn cochi. Ro'n i'n gwybod yn iawn beth ddwedai Jac petai'n sylweddoli pa fath o lyfrau ro'n i'n eu darllen.

"Ydy e'n gyfrinachol neu beth?" pryfociodd. "Yn ôl dy dad mae diddordeb mawr gen ti mewn planhigion a iacháu. Ac rwy'n gwybod dy fod ti'n gwirioni ar gefn gwlad. Rwy wedi dy glywed di'n dweud hynny droeon."

Roedd ei eiriau wedi agor hen glwyfau ro'n i wedi ceisio eu gwella ers wythnosau.

"Dyw Dad ddim yn gwybod am beth mae e'n sôn," meddwn yn chwerw. "Dwi ddim yn ei weld e bron dim y dyddie 'ma. Dyw e byth adre." Tynnais un o nofelau bach Sara o 'mhoced a'i rhoi i Jac. "Dyma beth rwy'n ei ddarllen. Mae'n addas iawn, nawr 'mod i'n un o ferched y felin."

Edrychodd Jac ar y nofel yn fanwl a'i throi yn ei ddwylo. *Breuddwyd Evelina* oedd y teitl. "Dyw hynny ddim yn wir, Eliza. Rwyt ti'n haeddu gwell na hyn ac rwyt ti'n gwybod hynny hefyd." Taflodd y llyfr ar y llawr.

Cefnais arno oherwydd do'n i ddim am iddo glywed y geiriau. Ond fe glywodd e, o do, fe glywodd.

"Rwy'n casáu'r felin. Rwy'n casáu gweithio yno. Do'n i ddim am adael yr ysgol."

Edrychodd Jac arna i. "Ond rwyt ti'n dair ar ddeg, on'd wyt ti? Wrth gwrs fod rhaid i ti adael." Cododd ei ysgwyddau a throi i ffwrdd. "Ond breuddwydiwr fuest ti erioed," meddai ymhen hir a hwyr. "Efallai taw dyna pam dwyt ti ddim yn sylwi ar bethau sy'n digwydd o dy gwmpas di. Wyt ti'n sylweddoli fod 'na bobl yn waeth eu byd na ti? Pobl sy'n llwgu. Byddai llawer yn ddiolchgar am hanner yr hyn rwyt ti'n ei dderbyn."

Rwy'n credu fod ganddo lawer mwy i'w ddweud ond ro'n i wedi clywed digon. Codais a mynd allan o'r seler. Roedd y dagrau'n cronni, a do'n i ddim eisiau iddo fe weld cymaint roedd e wedi 'mrifo i.

Dydd Mercher, Gorffennaf 13

Cyrraedd adre'n hwyr heno. Roedd Sara wedi gofyn i fi fynd gyda hi, Biddy a Millie i gerdded drwy strydoedd Ancoats. Buon ni'n cerdded fraich ym mraich, ac yn canu ar dop ein lleisiau. Do'n i ddim yn becso pwy fyddai'n ein gweld ni na beth roedd pobl yn ei feddwl ohonon ni. Dwedodd Biddy wrtha i y byddai croeso i fi fynd gyda nhw unrhyw bryd ac y byddai'n beth gwirion mynd adre'n syth o'r gwaith. Ond dwedais na fyddwn i'n gallu, oherwydd doedd gen i ddim arian i'w wario. Edrychodd Biddy'n syn. Mae'n ferch dal, â llygaid mawr glas a cheg lydan llawn chwerthin. "Ydy dy deulu'n fodlon i ti gadw *rhywfaint* o dy gyflog?" gofynnodd. Pan atebais i na, dwedodd na fyddai hi'n fodlon ar hynny. Gweithio oriau hir, meddai, a dim i'w ddangos am yr holl waith caled. Roedd hi eisiau rhoi benthyg peth i fi ond gwrthodais.

Yna cydiodd mewn losin oddi ar y stondin felysion a'u rhannu â ni. Sylwais arni'n taflu ceiniog yn hamddenol i'r stondinwr. Dyna'r peth gorau i mi ei flasu ers tro byd. Sugnais yn araf, a theimlo'r sudd ffrwythau melys yn llifo yn fy ngheg. Chwarddodd Biddy a rhoi un arall i fi.

Roedd digon gan Mam i'w ddweud pan gyrhaeddais

adre, ond do'n i ddim yn poeni. Pam na ddylwn i hefyd gael tipyn o hwyl? Pam ddylai 'mywyd i fod yn ddim ond gwaith, gwaith, gwaith? Mae Jac o'r farn 'mod i'n blentyn difeddwl. Wel, os felly, fe wna i ymddwyn fel un!

Dydd Sul, Gorffennaf 17

Sleifiais allan mor gynnar ag y gallwn bore 'ma. Roedd Sara wedi crybwyll ddoe eu bod nhw'n mynd i Gaeau Green Heys heddiw a bod croeso i fi ymuno â nhw. Ro'n i'n sicr na fyddai Mam yn caniatáu i fi fynd, felly dwedais wrthi 'mod i'n mynd i weld Annie. Teimlais yn euog pan edrychodd Mam yn falch ac rwy'n siŵr i 'ngwyneb i gochi. Meddyliais y gallwn i alw heibio'r ysbyty ar fy ffordd adre. Ond dechreuodd fwrw glaw ac fe dreulion ni'r bore'n crwydro'r dre. Bob tro y byddai bachgen ifanc yn mynd heibio, byddai Biddy a Millie'n tynnu coes Sara. "Hwnna yw e? Hwnna yw dy gariad di?" Roedd Sara'n gwrido.

"Ble mae dy gariad di 'te, Eliza?" holodd Biddy. Dwedais nad oedd cariad gen i. "O oes mae e, ni wedi'ch gweld chi gyda'ch gilydd." Chwarddodd pawb ac aeth fy ngwyneb i'n goch. Yn dawel bach ro'n i'n eitha balch eu bod nhw'n meddwl fod gen i gariad, ond yn eitha trist hefyd. Dydw i ddim eisiau meddwl am Jac Brigham.

Wrth ffarwelio rhoddais fy llaw ym mhoced fy ffedog i chwilio am ffisig a phowltis Mrs Legg i Annie. Ond doedden nhw ddim yno – ro'n i wedi'u hanghofio nhw. Codais fy sgwyddau fel Biddy a cherdded am adre ling-di-long. Rhaid i mi gofio ymweld ag Annie ryw dro arall.

Dydd Mercher, Gorffennaf 20

Roedd y meistr wedi dod â chriw o ymwelwyr i weld yr injan stêm heddiw. Doedden ni ddim yn cael ei gweld chwaith, dim ond gweithwyr ydyn ni. Amser cinio y gwelson ni nhw, y meistr yn llawn gweniaith wrth eu harwain o gwmpas, a'i wats aur yn hongian dros ei fol mawr. Wrth edrych arno, fyddech chi byth yn dychmygu nad yw e'n medru fforddio talu cyflogau llawn i'w weithwyr. Aethon ni i edrych arnyn nhw drwy'r ffenest a chlywais Biddy'n eu hwfftio nhw'n dawel. Tawelodd Millie hi, ac edrych o gwmpas yn nerfus am Mr Davis. Llygoden fach eiddil ag wyneb ofnus yw Millie, sy'n dilyn Biddy fel cysgod. Pan sylwodd y meistr ein bod ni'n eu gwylio, dwedodd Mr Davis wrthon ni am fynd o'r ffenest, ond mwmialodd Biddy o dan ei hanadl nad oedd hi'n deg ein bod ni'n colli'r awr ginio oherwydd criw o grachach ffroenuchel mewn sidan a felfed. Edrychodd pawb arni'n llawn edmygedd. Mae hi mor fentrus! Feiddiwn i ddim bod mor ddewr. Rwy wedi gofyn i Sara am gael benthyg llyfr arall. Alla i ddim cael digon ohonyn nhw.

Dydd Iau, Gorffennaf 21

Heddiw cafodd dau fachgen eu dal yn dringo'r wal er mwyn cael cipolwg ar yr injan stêm! Rhaid mai'r ymwelwyr ddaeth o gwmpas gyda'r meistr wnaeth iddyn nhw fentro.

Gwelodd pawb y bechgyn allan yn yr iard amser cinio, i fyny'n uchel ar y wal yn dal eu gafael yn dynn yn ffrâm y ffenest, a'u traed nhw'n chwilio'r brics am le diogel i sefyll. Yna clywyd gwaedd – roedd un wedi cwympo drwy'r ffenest! Sgrechiodd pawb oedd yn gwylio! Mae'n debyg ei fod e bron â syrthio dros ben y gard ac i mewn i'r injan fawr, ond roedd ei ffrind wedi ei ddal e'n ôl mewn pryd. Does neb yn synnu eu bod nhw wedi cael eu gwahardd.

Rydw i mewn trwbl! Rwy'n dal i allu clywed eu lleisiau wrth i fi sgrifennu hwn. Yn ceisio penderfynu beth yw 'nghosb i, siŵr o fod. O, pam roedd rhaid i Mam fy ngweld i ar Stryd Great Ancoats! Canu a gweiddi. Ymddwyn fel hoeden, meddai Mam.

Emmy welodd fi gyntaf. Do'n i ddim yn gallu credu 'mod i'n clywed ei llais hi y tu ôl i fi. "Edrycha, Mam, mae Eliza draw fan 'na!" gwaeddodd, gan wneud i fi neidio allan o 'nghroen.

"Paid â siarad dwli," meddai Mam.

"Ydy, wir, edrycha!" gwichiodd Emmy.

Ceisiais eu hanwybyddu nhw. Ond yna daeth llais Mam i fy sobri. "Eliza!" meddai'n uchel a dyma pawb yn sefyll yn stond. Roedd fy ngwyneb i'n goch a 'nghoesau'n crynu ac yn gwegian oddi tana i. Yna teimlais ei llaw yn tynnu'n galed ar fy llaw i. Y cywilydd mwyaf oedd fod Biddy a Sara wedi gweld y cwbl. Wn i ddim sut medra i eu hwynebu nhw byth eto. Ond rwy'n flin iawn hefyd – beth mae Mam a Dad yn ei ddisgwyl? Merch y felin ydw i wedi'r cwbl!

'Nôl adre roedd Mam a Dad wyneb yn wyneb â'i

gilydd. Roedd migyrnau Dad yn wyn wrth afael mor dynn yn y gadair. Eisteddodd Emmy yno, yn mwynhau pob eiliad, nes i Mam ei hanfon hi draw at y Brighams. Mae'n siŵr ei bod hi wrth ei bodd yn adrodd yr hanes yno. Bydd Jac yn gwybod y cwbl.

Rwy'n poeni braidd, er 'mod i'n ceisio peidio â dangos hynny; rwy'n teimlo mor unig. Mae hyd yn oed William yn teimlo'n bell. William – roedd teimlo'i bresenoldeb yn arfer bod yn gysur mawr i mi wrth ysgrifennu fy nyddiadur. Paid *ti* â throi dy gefn arna i fel pawb arall, William.

Dydd Sul, Gorffennaf 24

Rwy'n dal i fod mewn gwarth a threuliais y diwrnod cyfan yn fy stafell. Daeth Tad-cu â bwyd i fi. Mae golwg ddiflas arno, ond dyw e ddim yn dweud gair.

Dydd Llun, Gorffennaf 25

Doedd dim angen poeni am ymateb y merched yn y gwaith. Wrth adael y felin heno gofynnodd Biddy a Sara i fi fynd allan eto. "Dwed wrth dy fam ein bod ni'n addo bod yn blant da," chwarddodd Biddy. Ond siglais fy mhen a dweud bod fy angen i adre. Ond ro'n i'n teimlo 'ngwyneb i'n cochi wrth siarad. Allwn i ddim dweud y gwir – fod Mam wedi 'ngwahardd i rhag mynd gyda nhw. Dwedodd Mam y cawn i grasfa petawn i'n mynd gyda'r merched digywilydd 'na byth eto. Ond rwy'n credu eu bod nhw'n teimlo drosta i oherwydd gwasgodd Biddy fy llaw a dweud eu bod nhw'n dal i fod yn ffrindiau i mi. D'yn nhw ddim yn ddrwg i gyd, beth bynnag mae Mam yn ei feddwl. Y dyddiadur yw'r unig gysur sydd gen i.

Dydd Sul, Gorffennaf 31

Cawsom de gyda'r Brighams heddiw. Do'n i ddim yn awyddus i fynd – do'n i ddim eisiau gweld Jac, ac ro'n i'n gwybod fod Mam wedi dweud yr hanes i gyd wrth Mrs Brigham. Ond mae Mrs B yn galon i gyd. A doedd dim angen poeni am Jac chwaith. Doedd dim golwg o Jac na'i dad – na Dad o ran hynny.

Dydd Mawrth, Awst 2

Mae mis wedi mynd heibio ers i mi ymweld ag Annie yn yr ysbyty ac mae'r ffisig a'r powltris wnaeth Mrs Legg iddi'n dal ar sil y ffenest. Rwy'n poeni'n arw am Annie. Dyw hi ddim wedi dychwelyd i'r gwaith ac rwy'n dechrau amau a ddaw hi'n ôl o gwbl. Fe fyddwn i'n hoffi gwybod sut mae hi erbyn hyn, ond dydw i ddim yn credu y bydd Mam yn fodlon i fi fynd i'r ysbyty. Ers yr hyn ddigwyddodd, dydw i ddim yn cael mynd i unlle heblaw'r gwaith.

Dwedodd Tad-cu y dylwn i drafod Annie gyda Mam. Dwedodd y byddai hi'n siŵr o ddeall. Dydw i ddim yn gwybod sut fyddwn i wedi dod i ben heb Tad-cu – mae e'n gysur mawr. Ond rwy'n amau ei fod e'n anghywir y tro hwn.

Dydd Mercher, Awst 3

Trafod Annie gyda Mam ac rydyn ni'n mynd i'w gweld hi fory. Mae Tad-cu'n iawn bob tro!

Dydd Iau, Awst 4

Aeth Mam â fi i'r ysbyty heddiw, ond dwedodd y metron fod Annie wedi cael ei hanfon adre. Do'n i ddim yn gallu credu 'nghlustiau – oedd hi'n siarad am y person iawn? Gofynnais am gael siarad â'r llawfeddyg. Gwrthododd i ddechrau, ond rhoddodd Mam edrychiad llawn dial iddi a dyma hi'n mwmial o dan ei hanadl a cherdded yn anfodlon i nôl y llawfeddyg. Daeth yn ôl ymhen ychydig a dweud fod Annie wedi ei hanfon adre a bod ei chwaer wedi dod i'w nôl hi. Ond rydw i'n amau nad oedd ganddi syniad am bwy roedden ni'n sôn. Dydw i ddim yn credu ei bod hi wedi cael gair â'r llawfeddyg chwaith.

Yna aethon ni draw i glos Annie. Cefais fraw wrth gyrraedd yno. Mae'r lle'n erchyll! Pe bawn i wedi ymestyn fy mreichiau allwn i fod wedi cyffwrdd â drws y tŷ gyferbyn. Roedd tomenni o sbwriel ym mhobman – a phlant yn chwarae yn ei ganol. Plant bach carpiog a brwnt oedden nhw ac edrychon nhw'n syn pan holais i am Annie. Yn sydyn dyma ni'n clywed sŵn rhochian mawr a daeth mochyn tew i'r golwg a dechrau snwffian yn y sbwriel. Roedd Mam wedi cael cymaint o fraw â fi, yn ôl yr olwg ofidus ar ei hwyneb.

Atebodd neb pan gnociais ar ddrws Annie, ond gwthiodd pen rhywun drwy ffenest i'r stryd a dweud fod Annie a'i chwaer wedi mynd. Doedd hi ddim yn siŵr i ble, a chaeodd y ffenest yn glep. Roedd y dagrau wedi bod yn bygwth ers tipyn, ond yna dechreuais i grio o ddifri. Gafaelodd Mam ynddo i'n dynn a dweud wrtha i am beidio â phoeni. Roedd Annie'n lwcus i gael chwaer i ofalu amdani. Ond criais fwy fyth wedyn. Teimlais fy mod i wedi ei gadael hi i lawr pan oedd hi f'angen i fwyaf. Alla i ddim maddau i fi fy hun.

Dydd Gwener, Awst 5

Mae rhywrai wedi ymosod ar Mrs Elias! Dynion wedi gafael ynddi yn Stryd Great Ancoats ac wedi dwyn ei basged a'r ychydig arian oedd ganddi yn ei phoced. Hen un fusneslyd yw hi, a dydw i ddim yn or-hoff ohoni, ond pan welais hi'n cael ei chario 'nôl i'r clos, teimlais drueni drosti. Roedd wyneb Dad yn sarrug wrth iddo glywed yr hanes gan Mam. Doedd e ddim yn synnu chwaith. Dwedodd ei fod e wedi clywed am yr un peth yn digwydd droeon yn ystod y dyddiau diwetha.

"Mae'r dre 'ma'n rhemp," meddai. "Dydw i ddim yn credu y gall yr heddlu gadw trefn bellach." Mae'r teulu Elias yn dlawd fel ni – yn dlotach os rhywbeth, oherwydd yn ôl Jac mae eu cyflog yn cael ei wario yn y tafarndai. Dyna'r drafferth. Mae'r tlawd yn ymosod ar y tlawd erbyn hyn. Rhybuddiodd Dad ni i beidio â mynd allan ar ein pennau ein hunain, a byth ar ôl iddi dywyllu. "Addo i fi, Eliza," meddai'n daer. Rhoddais fy ngair iddo, ond roedd meddwl fod angen y fath addewid arno yn brifo . . .

Dydd Sadwrn, Awst 6

Mae'n boeth a thrymaidd ac mae'r gwres yn y stafell gribo'n annioddefol. Mae pawb yn flin a swrth – yn enwedig Mr Davis. Ond heddiw, ar ôl gorffen fy ngwaith, magais ddigon o blwc i fynd ato a gofyn yn nerfus a oedd e wedi clywed oddi wrth Annie. Edrychodd arna i fel petawn i'n lwmp o faw. "Naddo," meddai. "Ond galla i ddweud cymaint â hyn. Ddaw hi ddim 'nôl yma i weithio."

Dechrau teimlo na wela i Annie byth eto.

Dydd Llun, Awst 8

Pob math o straeon yn hedfan o gwmpas y felin heddiw. Trwy'r bore ro'n i wedi ceisio cau'r hanesion allan o 'nghlyw ond pan ganodd y gloch ginio tynnodd Biddy a Sara fi i'r iard. Do'n i ddim eisiau clywed beth oedd ganddyn nhw i'w ddweud, ond roedden nhw'n rhygnu 'mlaen a 'mlaen, a finnau'n gobeithio nad oedd unrhyw wirionedd yn y straeon. Y si oedd fod 'na streic fawr wedi dechrau yn y trefi i'r dwyrain o Fanceinion. Nid gweithwyr y melinau'n unig, ond glowyr a labrwyr, peirianwyr, seiri a gofaint – i gyd yn rhoi eu hoffer o'r neilltu er mwyn cefnogi gweithwyr y melinau. Mae'r streicwyr yn tynnu'r plygiau o'r boeleri sydd yn eu tro'n rhoi stop ar y peiriannau stêm a'r felin gyfan. A'r cyfan wedi dechrau yn y felin yn Stalybridge.

Do'n i ddim yn eu credu nhw. "Mae'n wir bob gair,"

meddai Biddy. "Roedd y gweithwyr ym melin Bayley wedi gwrthod cyflog y meistr. Rhy isel, medden nhw. Wedi cael hen ddigon ar lwgu."

"Felly dyma nhw'n tynnu'r plwg o'r boeler a cherdded allan!" ychwanegodd Sara, a'i llygaid yn sgleinio. "Maen nhw'n dweud nad y'n nhw'n mynd 'nôl tan i'r cyflogau gyrraedd yr hyn oedden nhw yn 1840. Erbyn hyn mae gweithwyr mewn melinau eraill wedi dilyn eu hesiampl. Mae miloedd wedi cerdded allan."

Do'n i ddim yn gwybod beth i'w feddwl. Sut roedd Biddy a Sara'n gwybod beth oedd yn digwydd draw yn Stalybridge?

Roedd Mr Davis yn nerfus a swta drwy'r dydd. Rhaid ei fod e wedi clywed y sibrydion hefyd. Ceisiais ganolbwyntio ar fy ngwaith yn lle meddwl am yr hyn oedd yn digwydd y tu allan. Ond ym mêr fy esgyrn ro'n i'n gwybod fod yr hanes yn wir a bod streic *wedi* dechrau.

Allwn i ddim meddwl am reswm arall dros sioncrwydd rhyfedd Dad wrth i ni gerdded adre heno. Fel arfer mae e'n llawn gofid ac yn ochneidio'n drwm wrth basio'r ceginau cawl, a gweld yr wynebau cul a'r dwylo esgyrnog yn dal tocyn am bowlen o gawl. Ond heddiw roedd e'n gwenu. Yn gwenu wrtho'i hun! Pan ofynnais iddo beth oedd ar ei feddwl, dwedodd ei fod e'n siŵr na fyddai rhaid i ni wynebu sefyllfa fel yna am sbel eto. Cyn bo hir fe fyddai'n rhaid i'r meistri ddod at eu coed a chodi cyflogau. "Ac yna, Eliza," meddai, "fe gei di adael y felin . . ."

Ond rwy'n cofio'r tro diwetha roedd streic. Roedd pawb yn brin o arian a bwyd. Weithiau rwy'n gallu dychmygu sefyll yn y rhes hir – yn union fel y trueiniaid yn y ceginau cawl – â wyneb hir a llygaid pŵl. Ac wrth gofio am y posteri sydd ar hyd y dre, a'r miloedd o bobl yng nghyfarfodydd y Siartwyr, bydd y streic hon yn wahanol.

Dydd Mawrth, Awst 9

Mae'r streic wedi dechrau! Bore 'ma fe lifodd streicwyr i'r dre o Ashton a Stalybridge (bron i 10,000 o Stalybridge yn unig yn ôl rhai!) a threfi i'r dwyrain o Fanceinion. Cyn amser cinio roedd y peiriant wedi stopio a cherddodd pawb allan.

Fues i erioed mor ofnus. Erioed! Hyd yn oed nawr wrth ysgrifennu hwn rydw i'n dal i glywed gweiddi a sgrechian Stryd Great Ancoats yn fy mhen. Wn i ddim pa un oedd waetha – golwg wyllt a ffyrnig y streicwyr neu'r olwg yn llygaid y milwyr ar gefnau'u ceffylau. Do'n nhw ddim yn ein trin ni fel pobl o gwbl – anifeiliaid i'w herlid oedden ni. Rwy'n credu y gwna i aros yn y tŷ o hyn ymlaen.

Roedd golwg gythryblus ar Mr Davis drwy'r bore. Roedd e'n ein dwrdio ni i barhau â'n gwaith ond yna gwelais e'n mynd at y ffenest ac edrych allan. "Ewch ymlaen â'ch tasgau," meddai gan ruthro o'r stafell. Yn sydyn clywyd crash enfawr wrth i gât y felin gael ei thorri i lawr a neidiais gan ofn. Roedd streicwyr yn heidio i mewn i'r iard a gallwn glywed twrw anferth tu allan i'n ffenest ni. Wedyn, malwyd gwydr y ffenest a gwelais garreg fawr ar lawr y stafell. Ro'n i'n crynu fel deilen a dechreuodd un neu ddau o'r gweithwyr ieuengaf grio. Ro'n i am gropian o dan un o'r peiriannau a chuddio 'mhen tan fod popeth drosodd. Yna stopiodd y peiriannau i gyd a dyma pawb yn syrthio'n ddiymadferth ar y llawr seimllyd. Daeth Mr Davis yn ôl. Roedd ei wyneb e'n llwyd ac roedd e'n chwysu fel mochyn. "Bydd y peiriannau'n ailddechrau mewn munud," meddai. "Nam technegol. Yn y cyfamser rhaid i ni aros yn amyneddgar."

Wfftiodd Biddy. Doedd hi ddim yn ei gredu e am eiliad. Rywbryd yn ystod y cythrwfwl, gorchmynnodd Mr Davis ni i godi ar ein traed, ond fedrwn i ddim. Ro'n i fel petawn i wedi fy ngludo i'r llawr. Gallwn glywed wrth y twrw tu allan fod yr iard yn orlawn. Taflwyd bricsen drwy'r ffenest, a sgrechiodd pawb. Daeth wynebau i'r golwg yn y ffenest. "Dewch allan aton ni, ffrindiau," gwaeddodd rhyw lais. "Dydyn ni ddim am frifo neb."

"Cyflog teg am ddiwrnod teg o waith," gwaeddodd un arall. "Dyna i gyd."

Edrychodd pawb o'r naill i'r llall. Roedd Mr Davis yn brefu, "Meddyliwch . . . y perygl . . . y dihirod . . ."

Boddwyd ei lais gan sŵn y drws yn agor led y pen a rhuthrodd gweithwyr eraill i mewn aton ni.

"Eliza!" Llais Dad! Am ryddhad!

"Dere," meddai. "Rhaid i fi fynd â ti adre. Fedri di ddim aros yma."

Roedd y stafell yn llawn erbyn hyn a gafaelodd Dad yn dynn yn fy llaw. "Paid â gollwng gafael, er mwyn popeth," rhybuddiodd, a thynnodd fi allan. O gornel fy llygad gwelais Mr Davis yn cael ei wthio'n erbyn y wal gan ddynion mawr, cryf. Allan ar yr iard roedden ni'n cael ein gwthio gan y dorf enfawr. Roedd miloedd yno – yn ddynion a gwragedd. Fedra i ddim disgrifio popeth welais i. Ro'n i mor ofnus, ond eto'n llawn cyffro. Roedd golwg ddychrynllyd ar rai o'r streicwyr, yn cario darnau mawr o bren a briciau, ond roedd eraill yn gwenu – a rhai'n canu hyd yn oed. Teimlais awydd i aros a bod yn rhan o'r cyfan. Ond wrth adael yr iard cawsom ein sgubo ymlaen ar hyd Stryd Great Ancoats a chefais fy mhigo eto gan ofn. Clywais lais Dad dros y sŵn yn dweud y byddai'n gwneud ei orau glas i fynd â fi adre'n ddiogel, ond roedden ni'n cael ein gwthio ymlaen, ymhellach oddi wrth y felin ac ymhellach fyth o adre.

Teimlais yn fyr fy anadl, bron â mygu, ac yna daeth pawb i stop yn sydyn a chefais fy nharo ymlaen a gwasgodd y dyrfa yn erbyn fy nghefn. Allwn i ddim gweld beth oedd yn digwydd ond gallwn glywed y gweiddi, yna swn hwrê a chrash wrth i rywbeth mawr, trwm gael ei daro i'r llawr. Bloedd fyddarol arall, ac eto cefais fy ngwthio i mewn i iard rhyw felin, dros ben gatiau oedd bellach yn gorwedd ar lawr. Yn uchel uwch fy mhen sylwais ar y mwg olaf yn chwyrlïo i'r awyr cyn diflannu'n llwyr. Ond yna cafodd llaw Dad ei gwahanu oddi wrth fy llaw i. "Dad!" sgrechiais nerth fy mhen, ond roedd e wedi mynd, wedi cael ei sugno i ganol y dorf.

Ceisiais fy ngorau glas i'w ddilyn, ond yn ofer. Yna, pan deimlais na allwn ddioddef eiliad yn rhagor, daeth pawb i stop. Sefais ar flaenau fy nhraed a gweld ein bod ni o flaen siop. Roedd y llenni ar gau, ond daeth wyneb llawn arswyd i un o ffenestri'r llofft.

Yna dyma ddechrau taro'r drws i lawr, a gweiddi wrth i dorthau o fara gael eu taflu allan i'r dorf. Ro'n i'n llwgu ac ar fin cydio mewn darn o fara oedd wedi syrthio ar lawr, ond cafodd fy mraich ei gwthio o'r ffordd a gwyliais y ddynes oedd yn sefyll ar fy mhwys i yn llowcio'r bara. Torrodd y bara'n ddarnau dan fwmial a stwffio'r bwyd i'w cheg fel anifail rheibus. Anghofia i

105

fyth yr olwg ar ei hwyneb. Fel petai hi heb fwyta ers dyddiau.

Ro'n i bron â mwydro, ac fe gropiais ar lawr rhwng coesau'r bobl. Roedd rhaid i fi ddianc. Teimlais law yn gafael yn fy ysgwydd a 'nhynnu i fyny, a gwaeddais mewn poen wrth i'r bysedd wasgu i mewn i 'nghroen. Clywais lais dieithr yn sibrwd wrtha i am stopio neu Duw a ŵyr beth fyddai'n digwydd. "Mae'r rhai sy'n dianc oddi wrthon ni yn elynion i ni," meddai'n chwyrn. Wedi dychryn yn llwyr, doedd dim y gallwn ei wneud i stopio'r dyn rhag fy llusgo a 'nhynnu. Ro'n i'n beichio crio erbyn hyn, a 'mhen i bron â hollti. Yna wrth droi'r gornel gwelais nhw – fflach o sgarlad ac aur a browngoch. Yn fy nghlustiau roedd sŵn tincian taclau'r ceffylau. Wrth i'r gwŷr meirch agosáu at y felin gwaeddodd rhywun orchymyn, a chydag un symudiad gosgeiddig, chwifiwyd y cleddyfau'n yr awyr.

Roedd cymaint ohonyn nhw. Mor agos nes y medrwn i weld eu llygaid nhw – ac ro'n i am weiddi arnyn nhw i beidio. Allwn i ddim dychmygu pam fydden nhw eisiau brifo rhywun bach fel fi. Roedd y llaw wedi ei thynnu o ddi ar f'ysgwydd a symudais o'r ffordd mewn pryd. Trodd gweiddi'r streicwyr yn annioddefol pan welson nhw'r milwyr ar gefnau'u ceffylau. Roedd briciau'n dal i gael eu taflu, ond roedd y dyrfa wedi gwasgaru rhywfaint, ac roedd y rhai oedd yn y cefn yn ceisio camu o ffordd y carnau gwyllt.

Yn rhyfedd iawn, rwy'n siŵr i mi glywed sŵn curo dwylo distaw – a oedd rhywun wedi rhoi gorchymyn? Ond wnes i ddim aros eiliad yn rhagor. Rhedais nerth fy nhraed, yn ôl drwy'r dyrfa oedd yn ffoi am ei bywyd. Roedd pob siop wedi cau, ond ro'n i'n gallu gweld rhai o'r perchnogion yn rhythu trwy'r ffenestri ar yr olygfa ryfeddol o'u blaenau.

Roedd gen i boen yn fy ochr, ac ro'n i'n hanner rhedeg a hanner llusgo fy hun, ac yn baglu dros fy nghlocsiau, ond wnes i ddim oedi tan i fi gyrraedd adre a disgyn yn bendramwnwgl wrth ddrws y tŷ.

Rhaid 'mod i wedi llewygu wedyn, oherwydd pan ddeffrais i ro'n i'n gorwedd ar y setl wrth y tân a wyneb gwelw Mam yn syllu arna i. Roedd Emmy a Tad-cu yno hefyd, ond doedd dim sôn am Dad. Dechreuodd Emmy grio a llwyddais i roi gwên wan, ac yna rhoddodd Mam gwpanaid o ddŵr i fi ac fe yfais y cyfan.

"Wyt ti wedi brifo?" gofynnodd Mam yn bryderus. Ac edrychais arna i fy hun am y tro cynta. Wel am olwg! Yn faw drosta i, fy ffedog wedi rhwygo, ond doedd dim ots oherwydd ro'n i adre. Siglais fy mhen. Ac yna fe holais am Dad.

"Mae e wedi mynd i chwilio amdanat ti," meddai Mam yn hurt. "Pan gollodd e afael arnat ti, daeth 'nôl i'r tŷ ac yna aeth e'n syth allan eto." Aeth ias i lawr fy asgwrn cefn a cydiodd Mam yndda i'n dynn, a siglo 'nôl a 'mlaen fel mae'n ei wneud ag Emmy, a phwysais fy mhen ar ei hysgwydd gysurus.

Rhoddodd Emmy ddŵr i ferwi ar y tân er mwyn i fi gael molchi, a rhoddodd Mam ebychiad pan sylwodd ar f'ysgwydd. Roedd yn ddu-las. Anfonodd hi fi i'r llofft, ac fe syrthiais i gysgu cyn yfed y te melys roedd hi wedi'i baratoi i mi. Pan ddeffrais roedd hi'n dywyll a'r tŷ'n dawel, a does gen i ddim syniad o ble ddaeth y nerth i sgrifennu hyn i gyd.

Dydd Mercher, Awst 10

Roedd Dad yn y tŷ pan es i lawr bore 'ma. Roedd e'n edrych yn flinedig iawn, â chylchoedd mawr du o dan ei lygaid. Rhedais ato ac fe fagodd fi'n glòs ato. Ddwedon ni'r un gair, dim ond gafael yn dynn. Roedd Mr Brigham yn saff, ond doedd dim sôn am Jac o hyd.

Wyddwn i ddim fod Jac wedi diflannu. Wnes i ddim meddwl holi amdano ar ôl cyrraedd adre neithiwr! Wrth gofio am y streicwyr a'r milwyr a'u ceffylau'n carlamu o'u cwmpas, roedd arna i ofn. Mae Mr Brigham wedi mynd allan eto i chwilio amdano – o, gobeithio i'r nefoedd ei fod e'n iawn!

Mae'r holl dre wedi mynd yn wallgo. Siopau'n cael eu hysbeilio, ffenestri wedi malu. Y fyddin yn goruchwylio'r dre, yn ceisio cadw rhyw fath o drefn. Mae streicwyr Ashton a Stalybridge a oedd wedi ymosod ar ein melin ni ddoe wedi mynd adre, ond mae sôn am fwy a mwy o felinau'n tynnu plygiau o'r peiriannau, yn stopio'r injan stêm a'r gweithwyr yn cerdded allan. Ond mae llawer o felinau'n anfodlon ymuno â'r streic. Mewn un felin roedd y gweithwyr wedi rhoi pwmp ar waith i daflu dŵr dros y streicwyr. Ond fe ddalion nhw'u tir – hyd yn oed pan ddringodd un o'r gweithwyr i ben y to a dechrau taflu cerrig a darnau o haearn ar y streicwyr. Cafodd llawer eu hanafu, ac mae 'na si fod un ferch wedi'i lladd. Ond dal ati wnaeth y streicwyr. Fe gipion nhw lond cert o lo a dechrau lluchio llond dyrnau at y gweithwyr. Dim ond pan gyrhaeddodd y milwyr ar gefnau'u ceffylau y daeth yr ymladd i ben wrth i'r streicwyr ffoi.

"Fandaliaid," meddai Mam, wedi ffieiddio'n llwyr. Siglodd Dad ei ben. "Dyw e ddim yn iawn. Fedrwn ni byth ennill drwy weithredu mor greulon."

"Rwy'n falch ein bod ni'n cytuno am unwaith," meddai Mam yn swrth.

Bron imi weiddi: Ond beth am y milwyr! Dechreuais grio eto pan gofiais fel y gwnaethon nhw ymosod ar y streicwyr ofnus, a'u taro â'u cleddyfau. Rhoddodd Mam y bai i gyd ar Dad a dweud y dylai e fod yn fwy cyfrifol. Dwedodd fod y Siartwyr yn ymddwyn yn warthus fel roedd hi wedi clywed y bydden nhw. Roedd Dad yn fud – ac yna fe ddwedodd fod y streic wedi cychwyn oherwydd fod pobl yn llwgu ac yn anobeithio. Nid bai'r Siartwyr oedd hynny.

"Tasai'r meistri heb ein gwthio ni i'r eitha, fyddai hyn ddim wedi digwydd," meddai'n ddig. "Cyflog teg r'yn ni eisiau. Dyna i gyd."

"Cyflog teg, wir!" meddai Mam. "Fydd 'na ddim cyflog o gwbl, teg neu beidio, yn dod i'r tŷ 'ma nes bydd y streic drosodd."

Galwodd Mrs Elias a Mrs Brigham yma'r prynhawn 'ma. Roedd Dad allan a Mam yn dal yn flin, ond fe dawelodd hi ychydig pan welodd hi Mrs Brigham. Mae golwg flinedig iawn arni, fel petai hi heb gysgu winc. Roedd llygaid tywyll Mrs Elias yn llawn cyffro. Mae'r ddinas yn llawn milwyr, meddai, gyda chleddyfau a gynnau. Ro'n i am roi stop ar ei chleber, oherwydd roedd wyneb Mrs B mor wyn â'r galchen. Roedd Michael ac Emmy'n neidio i fyny ac i lawr. "Allwn ni fynd i weld y milwyr?" gwaeddon nhw'n gyffrous.

"Na chewch wir," atebodd Mam yn bendant. "Chewch chi ddim mynd allan o'r clos 'ma tan ei bod hi'n ddiogel."

Daeth Dad adre'n hwyr, a darn o bapur crychlyd yn ei law. Roedd yn gofyn i bob person cyfrifol fynd i Neuadd y Dref i dyngu llw i fod yn gwnstabliaid rhan-amser.

"Os mai gosod gweithiwr yn erbyn gweithiwr yw'r bwriad, dyma'r ffordd orau i fynd ati," meddai'n flin. Taflodd y papur i'r tân ac roedd yn dal i'w brocio ymhell ar ôl iddo droi'n lludw. Wrth edrych arno, allwn i ddim peidio â meddwl fod mwy na phapur yn llosgi'n y grât. Roedd y dre gyfan yn syrthio'n ddarnau o'n cwmpas.

Does dim newyddion am Jac. Mae Mr Brigham wedi bod yn holi yn yr ysbyty ddwywaith, ond dyw e ddim yno. Rwy'n diolch i'r drefn nad yw e'n gorwedd mewn gwely wedi'i anafu, ond gobeithio nad yw'r gwirionedd yn waeth na hynny. Gobeithio nad yw e'n gorwedd mewn cell dywyll neu mewn rhyw ffos ar ochr yr hewl.

Mae'n hwyr iawn, ond allwn i ddim aros tan y bore cyn rhoi pìn ar bapur. Mae Jac 'nôl! Mae e wedi brifo, ond nid yn ddifrifol, diolch byth. Dyma ni'n brysio draw drws nesa ar ôl clywed y newyddion da. Roedd Michael bach yn neidio lan a lawr ac yn cyhoeddi wrth bawb, "Dangos beth mae'r cleddyf wedi'i wneud i ti, Jac!" Roedden ni i gyd wedi'n syfrdanu, ond chwarddodd Jac wrth ddangos y creithiau ar ei foch a'i freichiau. "Dim ond mân anafiadau," meddai. "Fe sefais i o flaen un o'r streicwyr. Dyna i gyd. Nid cleddyf oedd e, ond roedd

111

digon o'r rheini o gwmpas." Dwedodd ei fod e wedi gorfod mynd i'r ysbyty i roi rhwymyn dros y clwyf, ond roedd wedi dod adre o'i wirfodd.

Roedd hi'n braf clywed ei chwerthin. Bues i'n dawel am sbel, oherwydd doedden ni ddim wedi siarad ers y ffrae, ond gwenodd yn garedig arna i a gofyn a oeddwn i'n iawn, a theimlais fod y ffrae wedi cael ei hanghofio. Dwedodd iddo fod mewn cyfarfod yng Nghaeau Granby Row. "Roedd miloedd yno, Eliza. Siartwyr oedd y mwyafrif, wrth gwrs, ond roedd llawer yno er mwyn dangos eu gwrthwynebiad i'r system gyflogau. Ac awn ni ddim 'nôl tan i ni gael cyflog teg – nes daw'r Siarter yn ddeddf. O, Eliza, mae'n biti nad oeddet ti yno. Petait ti ond wedi clywed y geiriau . . ." Aeth ymlaen yn freuddwydiol, "Gwell marw ar y briffordd, yng ngolau'r haul a'r awyr iach, na marw ynghlwm wrth beiriannau'r ffatri. Gwell marw ar y stryd nag yn sŵn y bocs clecio, a chlindarddach melltigedig peiriannau'r cyfalafwyr."

Do'n i ddim am iddo siarad am farwolaeth, a dwedais hynny wrtho. Chwarddodd. "Roedd gan ddynion Stalybridge faner," meddai. "Roedd hi'n dweud: 'Mae dynion Stalybridge yn dilyn pob perygl. Gwell marw o dan law'r cleddyf na marw o newyn'."

Dechreuais arswydo ac erfyniais arno i beidio â chymryd rhan, ond dydw i ddim yn credu iddo fy nghlywed i. "Rhaid i ni ymladd dros ein hawliau," meddai. "Gyda'n gilydd, Eliza."

Cefais fraw wrth weld yr olwg yn ei lygaid. Roedd fel petai mewn breuddwyd ac ro'n i eisiau ei ddeffro fe. Soniais wrtho am y bwriad i benodi cwnstabliaid rhan-amser o blith pobl gyffredin y dre i gadw heddwch; dwedais wrtho mor beryglus oedd mynychu'r fath gyfarfodydd. Ond hyd yn oed wedyn roedd yn amlwg fod fy ngeiriau'n mynd i mewn drwy un glust ac allan drwy'r llall.

"Wnaiff y dynion uwch ein pennau ddim i'n helpu ni, Eliza. Mae'n bryd i ni ofalu am ein tynged ni'n hunain," meddai. "Mae'r fflam wedi ei chynnau, ac mae'n lledu'n gyflym. Hyd at Swydd Gaerhirfryn a Swydd Efrog ac ymhellach i'r gogledd. I'r de a'r gorllewin nesa – gei di weld!"

Rwy'n gorwedd yma nawr yn meddwl am y fflam. Roedd geiriau Jac mor ddewr, ond pan gofiaf am y streicwyr ar garlam drwy'r dre a gweld llygaid y milwyr wrth iddyn nhw ymosod, ofnaf fod y tân wedi mynd yn rhy bell. Pwy a ŵyr ble daw e i ben a sut y bydd e'n diffodd?

Dydd Iau, Awst 11

Cyfarfod arall gan y Siartwyr yng Nghaeau Granby Row heddiw. Rwy'n gwybod oherwydd ro'n i yno. Ond bydd fy nghorff yn cofio'r achlysur ymhell ar ôl iddo ddiflannu o'r cof! Nid f'ysgwydd yn unig sy'n brifo erbyn hyn. Bai Jac Brigham yw'r cwbl!

Allwn i ddim cysgu neithiwr – ro'n i'n troi a throsi cymaint, rwy'n synnu na roddodd Emmy fonclust i fi. Tua phedwar o'r gloch oedd hi pan godais i. Ro'n i'n meddwl 'mod i wedi clywed sŵn – fel drws yn agor a chau. Cerddais at y ffenest ac edrych allan. Ro'n i'n iawn. Roedd Jac yn cerdded i lawr y clos ar flaenau ei draed, a'i glocsiau yn ei ddwylo. Ro'n i'n siŵr mai mynd i un o gyfarfodydd y Siartwyr roedd e. Doedd e ddim wedi gwrando gair arna i! Gwisgais amdanaf a sleifio allan o'r tŷ a 'nghalon i'n neidio i 'ngwddwg bob tro roedd estyll y llawr yn gwichian. Roedd rhaid i mi ddod o hyd iddo; rhaid iddo fe ddod 'nôl. Anghofiais am y boen yn f'ysgwydd, ac aeth holl ofn ddoe allan o'm meddwl. Feddyliais i ddim beth ddwedai Mam amser brecwast ar ôl sylweddoli 'mod i ddim yno. Feiddiais i ddim gwisgo'r clocsiau tan 'mod i'n ddigon pell o'r clos.

Roedd cerdded yn droednoeth ynghanol y mochyndra'n erchyll. Trois i mewn i Stryd Great Ancoats – roedd y lle'n llawn pobl er ei bod hi mor fore. Roedd milwyr yn goruchwylio'r strydoedd, ac ro'n i bron â throi am adre pan welais i nhw, ond roedd fy mhryder am Jac yn fwy na'r ofn, felly es yn fy mlaen.

Allwn i mo'i weld e, ond fe welwn i bentyrrau uchel o gerrig ar gorneli'r strydoedd; gwelais bobl yn cydio ynddyn nhw a chlywed ffenestri'n malu. Caeais bopeth allan o'm meddwl. Dim ond un peth oedd yn bwysig, a fyddwn i ddim yn mynd 'nôl tan i mi ddod o hyd i Jac.

Roedd Caeau Granby Row yn orlawn. Doedd dim gobaith gen i ddod o hyd iddo. Pa mor dwp allen i fod? Ond gan 'mod i wedi mynd yr holl ffordd yno, do'n i ddim ar frys i fynd adre. Sefais i wylio siaradwr ar ôl siaradwr yn dringo ar y gert simsan i gondemnio'r meistri, a dweud wrthon ni am beidio mynd 'nôl i'r gwaith tan iddyn nhw wrando ar ein cwynion a bod y Siarter yn ddeddf gwlad. Dechreuodd hi dywallt y glaw, ond allwn i ddim gadael. Ro'n i prin yn sylwi ar y glaw yn diferu o 'ngwallt. Roedd y dorf yn heddychlon, ac ro'n i'n cyd-weld â phob un o'r areithiau. Rhaid i'r meistri wrando bellach, meddyliais, gan deimlo'n hapus a balch. Ac yna gwelais ddynion ar gefn ceffylau'n carlamu at y gert.

Roedd un yn dal darn o bapur yn ei law ac yn ei

chwifio yn yr awyr. Gallwn glywed ei lais uwch sŵn y glaw. "Mae'r cyfarfod yma'n anghyfreithlon!" gwaeddodd. "Rhaid rhoi taw arno." Teimlais yn flin. Pa hawl oedd ganddo i atal cyfarfod heddychlon fel hyn? Beth oedd o'i le arno? Roedd rhyw gynnwrf yn cyniwair yn y dorf, fel ias o ofn. Doedd y marchogion ddim wedi dod ar eu pennau eu hunain. Y tu ôl iddyn nhw roedd tair haid o wŷr meirch a mintai o filwyr arfog ar droed, yn cario gynnau.

O'r gert, trodd y siaradwr at y dorf; gan gwpanu'i ddwy law, gwaeddodd fod yn rhaid i ni adael, yn heddychlon, cyn i'r Ddeddf Derfysg gael ei darllen. Dwedodd y byddai hyn yn fêl ar fysedd awdurdodau'r dre ac y byddai rheswm teilwng ganddyn nhw i'w arestio e.

Fe ddarllenwyd y Ddeddf Derfysg wedyn, ond do'n i ddim yn gwrando. Roedd fy llygaid wedi'u hoelio ar y milwyr. Doedden nhw ddim wedi symud gewyn, ond roedd y bobl wedi dechrau gweiddi a gwylltio, ac yn dechrau ffoi. "Beth sy'n digwydd?" gwaeddais.

"Welaist ti'r holl ynnau mawr? Rhed, rhed am dy fywyd. Dyma dy gyfle di," atebodd rhywun yn ôl. Yna fe welais y ceirt yn cario'r gynnau mawr a'r milwyr yn rhedeg i'w safleoedd wrth y gamlas. Ceisiais redeg mor bell ag y gallwn i oddi wrthyn nhw, ond ro'n i'n rhedeg mewn cylchoedd. Roedd y caeau'n llawn milwyr, a gwelais eu cleddyfau'n disgleirio wrth iddyn nhw redeg drwy'r dorf.

Ac yna gwelais Bob Wavenshawe. Nid ynghanol y dorf swnllyd ond yn sefyll wrth gât y cae gyda gweddill y cwnstabliaid rhan-amser. Ro'n i'n dychmygu, mae'n rhaid. Ond na, *fe* oedd e'n bendant. Rwy'n gyfarwydd â'i hen wên seimllyd. Roedd e'n gwylio criw o fechgyn oedd o 'mlaen i.

Roedd y bechgyn wedi dechrau gwawdio'r plismyn, a chwifiodd un ddarn o bren yn yr awyr. "Na," gwaeddodd un arall gan gydio ym mraich y bachgen a cheisio cael gafael yn y pren. "Mae pawb sy'n ymosod yn gwrthwynebu rhyddid, a'r Siarter." Jac oedd e.

Gwaeddais arno i redeg am ei fywyd wrth i'r plismyn gerdded ymlaen, a'u pastynau'n uchel.

Trodd Jac a 'ngweld i'n ymbil arno. Dyna wnaeth iddo newid ei feddwl. Cydiodd yn fy mraich wrth i'r pastynau ddisgyn ar y bechgyn. Gweddïais nad oedd Bob Wavenshawe wedi'i weld e. Gwelais y bechgyn oedd wedi'u dal, a'r plismyn yn eu harwain, wrth i ni frysio oddi yno.

Dwedais wrth Jac fod Bob Wavenshawe yn un o'r cwnstabliaid. "Wyt ti'n siŵr?" gofynnodd. Nodiais fy mhen a sylweddolais ei fod e'n flin. Dwedodd 'mod innau'n ddwl i fod yno! Fi! Na ddylwn i ddim fod wedi dod yn agos i'r cyfarfod! A dwedais i wrtho heblaw amdana i y bydde fe yn y ddalfa erbyn hyn! Brasgamais oddi wrtho a ddwedais i 'run gair nes cyrraedd adre.

Roedd Mam wedi codi erbyn i mi gyrraedd adre. Gwelais ei hwyneb yn edrych yn bryderus drwy'r ffenest cyn i mi gyrraedd y drws. Agorodd hi'r drws a'm halio i mewn yn ddidrugaredd. Roedd yr arswyd wedi diflannu o'i hwyneb – gwelais ei dwylo'n cydio'n dynn yn ei ffedog, a gwyddwn 'mod i mewn trwbl. Roedd Dad gyda hi. Wrth iddo gerdded tuag ata i, ebychais enw Bob. Aeth popeth yn dawel ac edrychodd y ddau ar ei gilydd. "Bydd e'n siŵr o gymryd dy swydd di," meddai Mam yn chwerw wrth Dad.

Dwedodd Dad mai hen fwbach oedd e, wedi torri amodau'r streic. Roedd e mor flin. Ond doedd e ddim wedi anghofio amdana i chwaith, gwaetha'r modd. Dwedodd Dad ei fod e'n mynd at y Brighams "i roi ychydig o sens ym mhen y crwt 'na" ac y byddai e'n delio â fi ar ôl dod 'nôl. Does dim sôn fod neb wedi cael ei anafu heddiw yng Nghaeau Granby Row. Ond bydd rhaid i fi gysgu ar fy mol heno.

Dydd Gwener, Awst 12

Rwy wedi pechu unwaith eto ac rwy'n gorfod bwyta yn fy stafell ar fy mhen fy hun. A dweud y gwir, rwy'n falch o gael llonydd. Rwy rhwng dau feddwl am y streic 'ma. Ai'r Siartwyr oedd wedi dechrau'r streic? Ai nhw oedd wedi cynnau'r fflam? Neu ai'r newyn a'r rhwystredigaeth oedd achos y cwbl? Wn i ddim. Mae'n amhosib trafod y peth gyda Mam. Mae hi'n dal i sôn am y streicwyr fel terfysgwyr Siartaidd, ond dyw hi ddim mor syml â hynny. Roedd streicwyr Caeau Granby Row yn heddychlon. Gofyn am fwyd i'w teuluoedd a chyflog teg roedden nhw. Alla i ddim siarad gyda Dad chwaith oherwydd dyw e byth adre. Bob tro y bydda i'n holi, mewn cyfarfod mae e, yn ôl Mam. Yn ceisio dad-wneud yr holl ddifrod mae e wedi'i ddechrau, meddai hi. Allai Dad byth fod wedi'i ddechrau e ar ei ben ei hun, Mam! Wrth orwedd ar fy mol meddyliais am William a beth fyddai ei ymateb e i hyn i gyd. Alla i ddim ateb drosto, ond rwy'n gwybod cymaint â hyn. Byddai e wedi bod ar ochr Jac.

Dydd Sadwrn, Awst 13

Ces i fynd lawr llawr heddiw, ond ar ôl clywed newyddion Mrs Brigham byddai'n well gen i fod wedi aros yn fy llofft. Mae'r terfysgwyr wedi ceisio torri i mewn i'r gwaith nwy a thorri cyflenwad y dre gyfan. Mae'r heddlu a chriw o filwyr yn cadw llygad ar y lle erbyn hyn. Ac mae rhai wedi ymosod ar orsaf heddlu Stryd Newton! Roedden nhw wedi gwthio'u ffordd i mewn a thaflu popeth allan i'r stryd – gwelyau, dillad a sosbenni. Cafodd cloeon y drysau eu torri i ffwrdd hyd yn oed, a rhannau o'r ffwrn eu taflu allan i'r stryd. Roedd rhai plant ymhlith y terfysgwyr hefyd, meddai Mrs B'n ddigalon. Pan gyrhaeddodd yr heddlu gyda'u cleddyfau, daethon nhw o hyd i un plisman druan yn cuddio dan risiau'r seler. Does dim byd ar ôl yno, dim ond llawr a waliau moel. Mae e wedi'i ddifetha'n llwyr. Crynais. "Beth fydd diwedd hyn i gyd?" mwmialodd Mam o dan ei hanadl. Ar ôl i Mrs B adael drwy'r drws ffrynt, ni chafodd y drws ei agor o gwbl wedyn drwy gydol y dydd.

Dydd Sul, Awst 14

Mae'r llywodraeth wedi anfon mintai arall o filwyr i Fanceinion i gadw heddwch. Cyrhaeddon nhw bore 'ma ar y trên o Lundain a martsio drwy'r dre i'r barics yn Salford. Maen nhw wedi dod â rhagor o'r gynnau mawr gyda nhw, meddai Dad, ac mae disgwyl i fwy o filwyr ddod draw o Iwerddon cyn bo hir. "Mae'r milwyr 'na'n troi hyd yn oed y cyfarfodydd heddychlon yn derfysg," meddai'n benisel.

Uwd a llaeth dyfrllyd i frecwast. Tatws i ginio eto. Ond dim hanner digon. Mae Emmy'n cwyno byth a beunydd ei bod hi'n llwgu, a dydw i ddim eisiau clywed ei swnian hi. Mae 'na sôn bod chwyldro ar droed. Bod y streic yn lledu'n bell i'r gogledd. Cofiaf Jac yn sôn am y fflam. Mae hi wedi cyrraedd yr Alban ac i'r gorllewin i weithfeydd glo Cymru. Ond sut yn y byd y gallwn ni ymladd chwyldro gyda boliau gwag?

Dydd Llun, Awst 15

Daeth Jac draw bore 'ma i weld sut o'n i. Dydw i ddim wedi maddau iddo, a'i fai e oedd fod fy nghefn i'n brifo cymaint wrth droi a throsi'n y gwely. Gwenodd arna i a dweud fod ei gydwybod yn brifo mwy. Byddai e'n rhoi gwybod imi am unrhyw newyddion. Dwedodd wrtha i prynhawn 'ma fod y strydoedd wedi tawelu a bod rhai siopau wedi ailagor. Ond ro'n i'n gwybod hynny oherwydd aeth Mam at y gwystlwr. "Rwy'n gwybod," meddai Jac ymhen tipyn. "Aeth fy mam i gyda hi . . ."

Mae newyddion drwg eto i'r streicwyr. Cyhoeddwyd datganiad yn gwahardd pobl rhag protestio a chynnal cyfarfodydd. Mae hyd yn oed cyfarfodydd heddychlon yn cael eu cyfri'n fygythiad i'r cyhoedd. Llofnodwyd y datganiad gan neb llai na'r Frenhines, felly mae'n rhaid talu sylw.

Newyddion gwaeth fyth heno. Mae Dad yn dweud fod taflen yn cael ei dosbarthu o gwmpas y dre'n cynnig gwobr o £50 a maddeuant i bwy bynnag all ddal rhywun sy'n cymryd rhan yn y terfysgoedd. Pum deg punt! Ffortiwn! Allwn i ddim credu'r peth. Mae Dad wedi anobeithio'n llwyr. "Bydd y streic yn cael ei thorri nawr," meddai. "Sut gall dyn llwglyd wrthsefyll y fath demtasiwn? Byddai e'n bradychu ei frawd ei hun am lai na hynny." Mae e wedi clywed fod rhai wedi ffoi am eu bod nhw'n ofni cael eu bradychu. Mae geiriau Dad wedi fy nychryn. Beth os cafodd Jac ei weld gan Bob yng Nghaeau Granby Row? Allai e wrthod £50? Dyw Jac ddim wedi torri'r gyfraith, ond pwy fyddai'n ei gredu e yn erbyn gair cwnstabl rhan-amser?

Dydd Mawrth, Awst 16

Mae Jac wedi diflannu. Mae Mrs Brigham yn poeni'n arw. Does neb yn gwybod beth sy wedi digwydd iddo. Dyw e ddim yn yr ysbyty, ac mae John Brigham wedi mynd allan i chwilio amdano eto. Clywais e'n dweud y bydd Jac yn teimlo cefn ei law pan ddaw e i'r golwg. Edrychodd Dad yn gyhuddgar arna i pan ddaeth e i'r tŷ a theimlais fy wyneb yn cochi. Ond â'm llaw ar fy nghalon dydw i ddim yn gwybod ble mae Jac, a dwedais hynny wrth Dad.

Collodd Dad olwg arno ynghanol y dorf anferth oedd wedi dod i Fanceinion i gofio am gyflafan Peterloo. Roedd y strydoedd yn llawn – miloedd wedi dod o bell i weld Fergus O'Connor yn gorymdeithio drwy'r dre. Ond cafodd yr orymdaith ei gwahardd y bore 'ma rhag ofn y byddai'r awdurdodau'n cymryd mantais o'r cyfle i arestio arweinwyr y Siartwyr. Ond doedd y dorf ddim yn ymwybodol o hynny am dipyn ac mae'r strydoedd yn dal i fod yn llawn. Ydy Jac wedi cael ei ddal gan Bob Wavenshawe? Ydy e wedi cael ei arestio ac yn aros ei brawf mewn cell?

Dydd Mercher, Awst 17

Rwy'n edrych i fyny ar dŵr cul simne'r felin wrth ysgrifennu yn fy nyddiadur. Mae'r awyr yn glir uwchben Manceinion heb y mwg du'n llifo dros y dre. Mae'r angenfilod anferthol, taranllyd, oedd yn clindarddach ac yn hisian, yn fud. Ond am ba hyd?

Heddiw, clywsom am ddyn oedd wedi tanio gwn at fechgyn geisiodd dorri i mewn i argraffdy yn Salford. Mae sôn fod rhannau o drac y rheilffordd wedi cael eu torri er mwyn rhwystro trenau rhag gadael a chyrraedd Manceinion yn Heol Oldham. Mae'n anodd credu'r holl straeon, yn enwedig gan mai oddi wrth Mrs Elias r'yn ni'n clywed y rhan fwyaf ohonyn nhw. Prynhawn 'ma dwedodd fod gangiau o fechgyn yn crwydro'r dre, yn ymosod ar bobl ac yn malu ffenestri siopau. Dydw i ddim yn credu hynny, achos fydde hi *byth* yn mentro allan o'r clos petai hynny'n wir.

Clywsom fod arweinwyr y Siartwyr wedi dal awdurdodau'r dre'n gaeth ac wedi cymryd y dre drosodd. Bod pob un o'r arweinwyr wedi cael eu harestio a'u hanfon i garchar New Bailey. Hefyd bod y terfysgwyr wedi llofruddio'r maer a holl ynadon y dre. Mae'r straeon yn mynd yn fwy anghredadwy bob dydd. Ac mae'n amhosib i ni, sy'n gorfod aros yn y tŷ, wybod beth yw'r gwir.

Does dim newydd am Jac eto heno, ac mae pawb yn teimlo'n bryderus iawn. Ond rydyn ni wedi darganfod nad yw e wedi cael ei arestio, felly rwy'n credu ei fod e'n cuddio'n rhywle. Rwy'n teimlo'n flin iawn am yr holl boen mae e'n ei achosi i bawb.

Dydd Iau, Awst 18

Bu'r nyddwyr, y gwehyddion a gweithwyr eraill yn treulio llawer o amser yn y Neuadd y Seiri, yn trafod sut i roi taw ar y "argyfwng brawychus" fel mae Dad yn ei alw. Mae cynllun ar droed i anfon cynrychiolwyr at y meistri i ddatgan eu pryderon. Ond maen nhw hefyd yn benderfynol na fyddan nhw'n dychwelyd i'r gwaith tan i Siarter y Bobl ddod yn ddeddf gwlad. A fydd y meistri'n fodlon ar y fath amodau? A ddaw'r Siarter byth yn ddeddf? Rydw i o'r farn y byddwn ni i gyd yn llwgu cyn i hynny ddigwydd.

Dydd Sul, Awst 21

Mae Jac adre o'r diwedd. Roedd Mr Brigham o'i go' pan ddaeth e'n ôl – roedd y clos yn crynu. Gwelais fod Mrs Elias wedi agor y ffenest led y pen er mwyn gallu clywed yn well. Caeodd Mam ein ffenest ni'n dynn a gwelais mor chwyrn oedd ei hwyneb pan edrychodd hi arnon ni. Roedd fy nghoesau'n crynu, ac roedd hyd yn oed Emmy yn dawel pan glywon ni'r gweiddi o drws nesa. Dyw Bob Wavenshawe ddim wedi dod yn agos, ond mae llawer o rai tebyg iddo fe. Allwn ni ddim ymddiried yn neb, meddai Dad. Mae'r Jonesiaid wedi diflannu nawr. Heb fod yma'n hir – ond wedi mynd yn barod. Codi pac ganol nos, meddai Mam. Mae'r tŷ'n wag o'r top i'r gwaelod – pob celficyn wedi mynd. Ai oherwydd tlodi neu ofn maen nhw wedi diflannu? Ydyn ni'n ddiogel yn ein clos ein hunain?

Dydd Llun, Awst 22

Mae Mam wedi dod o hyd i ddigon o arian i dalu'r rhent sy'n ddyledus heddiw, ond yn raddol mae ein heiddo ni'n mynd i ddwylo'r gwystlwr. Mae'r dresel bron yn wag, a'r cloc wedi mynd oddi ar y lle tân. Mae Mam yn dweud nad oes ei angen e bellach. Os bydd hyn yn para, dydw i ddim yn siŵr sut wnawn ni ddygymod. Ond mae'r gweithwyr yn dal i ddweud na fyddan nhw'n dychwelyd tan i'r meistri godi cyflogau a bod y Siarter yn ddeddf gwlad. Mae'r meistr yn dal ei dir heb ildio dim i'w gofynion.

Dydd Iau, Awst 25

Es i draw i weld Jac bore 'ma. Do'n i ddim wedi ei weld e ers iddo ddod 'nôl gan 'mod i'n dal dig. Ond a dweud y gwir, rwy wedi gweld eisiau ei gwmni. Mae e'n dal yn ffrind, fedra i ddim anghofio hynny.

Roedd e yn y seler, yng nghanol bocsys llawn geriach, yn gwneud cartref i Mrs Legg. Mae'n dweud na all Mrs Legg fforddio talu'r rhent pitw ar ei thŷ bychan yn y seler. Mae'n crafu byw trwy wneud y golch dros bobl, danfon pecynnau i siop y gwystlwr a gofalu am blant. Yn aml, mae'n cael pethau'n gyfnewid am ei llysiau meddygol a'i phowltrisiau. Tafell neu ddwy o gig moch, efallai, neu ychydig o lo ar gyfer y tân. Ond ar adegau fel hyn, does dim arian gan bobl i'w roi i eraill. Does gen i ddim syniad sut mae hi'n cael dau ben llinyn ynghyd, ac rwy'n teimlo cywilydd nad ydw i wedi meddwl am y peth cyn hyn. Dwedodd Jac fod rhywun wedi dod o hyd iddi yn gorwedd mewn hen wellt a blawd llif – roedd hi hyd yn oed wedi gorfod gwerthu ei blanced, mae'n debyg. O leiaf mae blancedi a gwely a rhywbeth i eistedd arno gyda ni. Mae Jac wedi rhoi ei flanced e iddi oddi ar y gwely mae'n ei rannu gyda Michael. Bydd honno'n fwy cyfforddus na dim ond gwellt iddi, meddai'n ysgafn, ond teimlais gywilydd eto. Dwedais wrtho y byddwn i'n rhoi help llaw iddo i lanhau'r seler, a gyda'n gilydd fe fuon ni'n sgubo a sgwrio'r stafell ac yna fe wnaeth Tad-cu, Jac, Mrs Brigham a finnau helpu Mrs Legg i symud i'w chartre newydd. Hoelion ni glymau o berlysiau sych ar y waliau a'r nenfwd a threfnu ei meddyginiaethau a'i phowltrisiau uwchben y tân lle mae'n sych. Does dim byd arall ganddi, a byddai'r lle'n wag iawn heb focsys Jac.

Dydd Mawrth, Awst 30

Mae'r tywydd trymaidd yn ein gwneud ni'n bigog, ac rwy'n dianc o'r tŷ gymaint ag y galla i. Mae'r arogl yn y clos yn ddrwg iawn erbyn hyn, ond dyw e ddim yn drewi cymaint â'r awyrgylch yn y tŷ. Prynhawn 'ma eisteddais ar stepen y drws yn gwylio Jac yn gweithio. Roedd ei wyneb e'n glymau wrth ganolbwyntio ar forthwylio darn o fetel. Roedd darnau o bapur yn gorwedd gerllaw a byddai e'n eu hastudio nhw bob hyn a hyn. Edrychais arnyn nhw'n ofalus ond do'n i'n deall dim arnyn nhw. Ei ddyfeisiadau sy'n mynd â'i fryd y rhan fwyaf o'r amser nawr. Dyw e ddim yn sôn am y Siartwyr na'r streic o gwbl. Fu e erioed mor dawel â hyn o'r blaen. Mae ei feddwl e'n bell ac rwy'n teimlo'n unig. Rwy'n gweld eisiau'r hen Jac.

Dydd Mawrth, Medi 6

Mam a Dad yn ffraeo bob dydd. Rwy eisiau rhoi taw
arnyn nhw. Heddiw, trawodd Mam y crochan uwd yn
galed ar y bwrdd, a dweud ei bod hi wedi cael hen ddigon
ar grafu byw. "Elli di ddod o hyd i *ryw* fath o waith?"
gofynnodd i Dad mewn anobaith. "'Sdim ots beth yw e.
Mae'n siŵr bod 'na waith yn glanhau'r strydoedd neu'r
ffyrdd." Ond mae Dad yn benderfynol. Mae e'n mynnu
na wnaiff e byth dorri amodau'r streic. Ein hunig obaith
yw sefyll yn gadarn gyda'n gilydd. Mae newyn yn cnoi fy
stumog. Weithiau alla i ddim meddwl am ddim byd arall.

Dydd Mercher, Medi 7

Es i ymweld â Mrs Legg heno. Mae'n llethol o boeth yn
y seler – mor drymaidd fel na allwn i anadlu'n iawn yno
– ond dwedodd Mrs Legg fod hen bobl yn teimlo'r oerfel
yn waeth a dyw'r gwres ddim yn ei phoeni hi rhyw lawer.

Pan godais i fynd oddi yno, dyma hi'n cloffi at y

ffenest a thynnu dail sych o'r tusw oedd yno. Gwyliais hi'n eu lapio mewn papur. "Mae golwg ddigon main arnat ti, 'y merch i," meddai gan roi'r pecyn bach yn fy llaw. "Cymer nhw i wneud te." Diolchais iddi'n gwrtais, ond ar ôl cyrraedd adre cuddiais y dail yn fy nyddiadur. Byddai wyneb Mam yn bictiwr petawn i'n ceisio'u berwi nhw i wneud te! Ond roedd angen rhywbeth ar bawb i guddio blas afiach y bastai wnaeth Mam i ginio. Pastai alwodd hi'r bwyd, ond cymysgedd o flawd, ceirch a dŵr oedd e i fi. Mwy o ddŵr a blawd na cheirch, rwy'n amau. Roedd e mor ffiaidd nes iddo godi cyfog arna i ac fe aeth Emmy'n sâl. Ceisiodd Dad godi calon Mam trwy ddweud y byddai tipyn o bicl gyda'r bastai yn bryd go lew. Cliriodd Dad ei blât yn llwyr – er mwyn ei phlesio hi, mae'n siŵr. Beth bynnag, roedd tatws i swper. Hanner taten yr un, ac ychydig bach mwy i Dad. Wn i ddim o ble y daethon nhw, ond dydw i ddim yn cwyno! Ro'n i'n falch o'u gweld nhw!

Dydd Iau, Medi 8

Rwy'n ddiolchgar am un peth – mae'r tŷ'n lanach nawr oherwydd bod y melinau ar stop, a does dim cymaint o gelfi i'w cadw'n lân. Mae Mam wedi bod yn flin am hyn, ond mae hi fymryn yn hapusach heddiw. Mae hi'n credu y daw'r streic i ben cyn bo hir ac y bydd Dad a fi'n gallu mynd 'nôl i'r gwaith.

Rydw i wedi blino ar uwd a cheirch. A phan mae Mam yn arllwys te mae lliw rhyfedd arno – rhyw fath o lwyd, gan fod y dail wedi cael eu defnyddio sawl gwaith. Pan rwy'n meddwl am y pethau hyn o ddifri, rwy'n ysu am i'r streic orffen. Ond yna rwy'n cofio'r stafell gribo, a'r fflwff oedd yn llenwi fy stumog a'm sgyfaint. Er 'mod i'n llwgu drwy'r amser, mae'n gas gen i feddwl am y diwrnod pan fydd rhaid i mi gerdded yn ôl i mewn i'r lle 'na.

Dydd Sadwrn, Medi 10

Cawsom ar ddeall fod gweithwyr ein melin ni wedi rhoi'r gorau i'r streic. Mae'r meistr wedi ennill. Byddwn ni'n mynd 'nôl i'r gwaith fore Llun. Mae 'na deimlad annifyr yng ngwaelod fy mol ac mae'n dal i fod yno er i mi geisio darbwyllo fy hun y byddwn ni o leia'n medru llenwi'n boliau eto.

Dydd Llun, Medi 12

'Nôl yn y gwaith. Fy nhraed i'n llusgo a 'nghalon yn drwm. Mae'r rhan fwyaf o felinau Manceinion wedi ailddechrau, ond mae'r ceginau cawl ar agor o hyd ac mae'r strydoedd yr un mor llawn o bobl ddi-waith heb ddim i lenwi'u boliau. Does dim wedi newid. Mae popeth yr un fath ag yr oedd cyn i'r streic ddechrau. Mae'r cyflogau'n dal i fod yr un fath, ac mae cynllun y Siartwyr i gael streic gyffredinol yn sgil cau'r melinau wedi methu. Ddwedodd Dad 'run gair wrth gerdded o'r tŷ i'r felin. Ond mae'r chwerwder ar ei wyneb yn dangos yn glir ei fod e'r un mor ddigalon â fi. Wrth gofio geiriau Jac, mae peth o'r chwerwder hwnnw'n fy nghalon i hefyd. Mae'r fflam anferth fu'n lledu drwy'r Gogledd wedi'i diffodd o'r diwedd.

Mae dau o'r nyddwyr wedi cael eu diswyddo am eu rhan yn y streic ac mae'r ystofwyr oedd gyda nhw wedi gorfod rhoi eu holwynion yn y to! Roedd Dad yn flin am na chawson nhw gyfle i esbonio eu hochr nhw o'r stori, dim ond cael eu hanfon allan ar unwaith. Mae e'n eu hadnabod nhw'n dda ac yn gallu tystio eu bod nhw'n ddynion gonest.

Pan ganodd y gloch ginio, aeth e at y meistr i siarad ar eu rhan. Gofynnais iddo'n nes 'mlaen pwy oedd wedi dweud wrth y meistr am y gweithwyr. "Un o'r cwnstabliaid rhan-amser," atebodd yn gwta. "Dyn parchus a chymwynasgar," ychwanegodd ag eironi yn ei lais. Meddyliais yn syth am Bob Wavenshawe ac aeth ias i lawr fy asgwrn cefn. Beth os daw Bob i wybod fod Dad hefyd wedi cefnogi'r Siartwyr? Byddai Bob yn cael pleser o'r mwyaf wrth ddweud wrth y meistr amdano. Byddai'n ddyletswydd arno, a'i wobr fyddai hawlio gwaith fy nhad.

"Peidiwch â mynd i siarad â'r meistr eto, plîs Dad," erfyniais arno. "Waeth beth fo'r rheswm." Edrychodd ar fy wyneb pryderus ac addawodd na fyddai e byth yn rhoi ei waith na dyfodol y teulu mewn perygl. Ond mae Dad yn gweithio'n agos iawn at Bob, bob dydd. A dydw i ddim yn credu y bydd yr un ohonon ni'n teimlo'n ddiogel tra ei fod e yno.

Dydd Gwener, Awst 16

Mae problem arall wedi codi nawr. Mae'n rhaid i fi gael dweud yn syth oherwydd mae'n fy nghnoi tu fewn. Mae'r llywodraeth wedi dechrau erlyn y Siartwyr. "Corddwyr" maen nhw'n eu galw nhw. Yn ôl Jac, mae cannoedd wedi cael eu taflu i'r carchar i aros eu prawf. Roedd fy llais yn crynu pan ofynnais i Jac beth oedd yn mynd i ddigwydd iddyn nhw. Carchar i rai, mae'n siŵr, meddai, ond mae 'na sôn fod rhai'n mynd i gael eu halltudio i Awstralia. Alltudio! Rwy'n siŵr nad yw Dad wedi gwneud dim o'i le, ond alla i ddim anghofio mor hawdd y cafodd y nyddwyr eu diswyddo. Does neb yn gwybod beth sydd wedi digwydd iddyn nhw. Ydyn nhw'n aros eu prawf am gymryd rhan yn y streic? Oes unrhyw un yn ddiogel bellach?

Dydd Gwener, Medi 23

Mae Fergus O'Connor wedi cael ei arestio! Do'n i ddim yn synnu ar ôl clywed faint o bobl eraill sy wedi cael eu dal. Dwedodd Jac y newyddion wrtha i yn yr iard ar ôl gwaith. Gafaelodd yn fy mraich a 'nhynnu i'r naill ochr, yna edrychodd o gwmpas rhag ofn bod rhywun yn edrych. Ddydd Mercher yn Llundain ddigwyddodd e, meddai Jac. Oherwydd ei fod e wedi cynhyrfu'r dorf i greu terfysg, mae'n debyg, ond roeddwn i o'r farn y byddai'r streiciau wedi digwydd beth bynnag. Roedd pobl wedi blino ar y newyn, on'd o'n nhw? Dwedodd Jac hefyd fod un arall o arweinwyr y Siartwyr, Mr M'Douall, wedi ffoi i America i osgoi'r gyfraith. Mae'n ffordd bell i fynd, ond weithiau rwyf innau'n breuddwydio am fynd yno hefyd.

Dydd Sadwrn, Medi 24

Ers i Dad a fi fynd 'nôl i'r gwaith, mae golwg well ar Mam, ac roedd hi'n hymian canu pan ddaethon ni i'r tŷ heno. Ro'n i'n eisiau sgrechian. Roedd hi fel petai popeth yn iawn, ond ro'n i'n gwybod fel arall. Dyw pethau ddim fel y buon nhw i fi, ta beth. Does dim byd yn iawn.

Dydd Gwener, Medi 30

Mae'r Brighams yn gadael! Torrodd Mrs Brigham y newyddion i ni heno. Fedra i ddim cyfleu mor sâl rwy'n teimlo. Rydyn ni wedi bod trwy gymaint gyda'n gilydd. Maen nhw'n mynd mor bell i ffwrdd . . . i *America*. Cafodd Mam gymaint o sioc pan gyhoeddodd Mrs Brigham y newyddion nes iddi gwympo'r tegell oedd yn ei llaw i'r llawr yn swnllyd. Symudodd neb i'w nôl e. Eisteddodd Mam yn glewt; cerddais ati a gafael amdani. Edrychais ar Jac. Roedd e'n ceisio cuddio'i deimladau ond gallwn i weld pa mor hapus oedd e. Ro'n i eisiau i'r llawr agor a'm llyncu. Edrychais ar Emmy i weld ei hymateb. Roedd hi'n ffrindiau mawr gyda Michael, a gwelais ei bod yn agos at ddagrau. Dwedodd Mr Brigham eu bod nhw wedi penderfynu mynd i Bennsylvania. "Mae melinau arfordir y Dwyrain yn llawn mewnfudwyr o Loegr ac Iwerddon yn chwilio am waith," meddai. "Ond rwy wedi clywed bod 'na ddigon o waith ar gael ym Mhennsylvania, yn y melinau, ar y tir, ac ar y ffyrdd a'r camlesi. Pwy a ŵyr beth ddaw yn y dyfodol, ond rwy am i Jac a Michael gael cyfleoedd na all Lloegr eu cynnig rhagor."

Am eiliad, ro'n i am fynd gyda nhw. Ond America . . . mae'n lle mor fawr ac mor bell oddi wrth bawb rwy'n ei adnabod . . . meddyliais am y cefnfor mawr sy'n gwahanu Manceinion ac America ac ro'n i eisiau crio.

Dydd Sadwrn, Hydref 1

Ar ôl swper cerddon ni i Ancoats gyda'n gilydd. Dydyn ni ddim wedi gwneud hyn ers amser maith. Yr Helsteds a'r Brighams gyda'i gilydd. Ond roedd gen i deimladau cymysg – ro'n i'n hapus ein bod ni i gyd gyda'n gilydd ond yn gwybod mai dyma'r tro olaf, mae'n debyg. Roedd y tafarndai'n dawelach nag arfer, ond ro'n i'n gallu clywed y canu a'r ffidlau'n glir drwy'r ffenestri. Roedd y miri'n fy ngwneud i'n fwy trist fyth. Roedd Jac yn dawel wrth gerdded yn fy ymyl. Roedd bwlch yn ein gwahanu – fel petai'r môr wedi dod rhyngddon ni'n barod. O'r diwedd cyfaddefodd Jac ei fod e'n edrych ymlaen at fynd i America. Syllais ar y llawr yn fud. Roedd troed Jac yn cicio carreg. "Bydda i'n dy golli di," meddai, a phan godais fy mhen roedd e'n syllu ar y llawr hefyd. "Wir i ti. Dydw i ddim eisiau colli ffrind arall." Roedd golwg wirioneddol drist ar ei wyneb. "Elli di berswadio dy dad i ddod?" gofynnodd. Siglais fy mhen. Dwedais wrtho nad oedd Mam yn fodlon gadael y tŷ hyd yn oed. "All hi ddim gadael William," dwedais. "Mae'r tŷ'n llawn atgofion am William – dyna'r cwbl sydd ganddi ar ôl ohono."

"A beth wyt ti eisiau ei wneud?" holodd Jac.

"Does dim ots beth rydw *i* eisiau," atebais yn ddigalon.

"Oes, mae ots," meddai Jac gyda'i benderfyniad arferol. "Eliza, tra dy fod ti'n aros yn Lloegr, bydd dy ddyfodol di yn nwylo'r meistri . . ."

Dydd Sul, Hydref 2

Daeth Jac Brigham at y drws heno, a'i ddwylo'n llawn perlysiau bythwyrdd a blodau gwyllt. Heb ddweud gair, rhoddodd nhw yn fy llaw. Ro'n i'n syn ac yn methu deall pam wnaeth e'r fath beth. Ond rwy'n gwybod nawr. Ac am y tro cyntaf ers amser, cododd fy nghalon.

Dydd Iau, Hydref 13

Mae synau'n dod o drws nesaf. Mae'r Brighams yn paratoi i adael. Dydd Sul maen nhw'n mynd. Gwyliais Jac a'i dad yn gwthio'r dresel allan drwy'r drws. Roedden nhw wedi gwerthu popeth fesul tipyn er mwyn talu am y daith. Alla i ddim edrych; mae e'n gwneud i mi sylweddoli eu bod nhw'n mynd yn fuan.

Dydd Sadwrn, Hydref 15

Daeth y Brighams draw aton ni am swper heno. Mae'r celfi wedi'u gwerthu a phopeth wedi'i bacio'n barod ar gyfer y daith yn y bore. Dwedodd Mr Brigham fod ei gefnder, Peter Cooke, hefyd wedi penderfynu codi pac a mynd i America. Gofynnodd i Dad a oedd e'n bwriadu eu dilyn nhw. Edrychais ar Dad, ond roedd wyneb Mam yn dweud y cwbl. Fydd hi *byth bythoedd* yn gadael y tŷ 'ma.

Dydd Sul, Hydref 16

Maen nhw wedi mynd. Gwelais nhw'n mynd ar y trên ac yn diflannu.

Dal y trên o Fanceinion i ddociau Lerpwl a byrddio'r llong ddeufast a fyddai'n mynd â nhw i Efrog Newydd. Roedd Mrs Brigham am wneud y ffarwelio i gyd neithiwr. "Byddwn ni'n codi cyn cŵn Caer, ac mae angen cwsg ar y ferch 'na," meddai gan wenu ac amneidio arna i. Ro'n i ar fin dweud y gallwn i gysgu digon yn nes ymlaen, ond meddai Mam, "Mae'n bell i chi gerdded i'r orsaf, yn enwedig â'r holl drugareddau 'na." Edrychodd draw'n slei ar ddyfais Jac; gwelodd Mr Brigham hi'n edrych a dyma'r ddau'n chwerthin. "Byddai Jac yn gadael ei ben ar ôl cyn hwnna," meddai gan amneidio arno. Roedd Mam ac yntau'n deall ei gilydd i'r dim. Cododd Jac ei ysgwyddau, ond daliodd ei dafod. Mae ganddo ffydd yn ei ddyfais. Mae e wedi dweud wrtha i ei fod e'n gobeithio ei gwerthu i un o'r meistri yn America.

Mam gafodd ei ffordd yn y diwedd ac aethon ni i gyd gyda nhw i'r orsaf – Tad-cu hefyd, er nad oedd Mam yn rhyw fodlon iawn ar hynny. Mynnodd ddod gan ddal yn fy mraich – ro'n i'n synhwyro ei fod am weld y trên.

Pan gyrhaeddon ni'r orsaf trodd Jac ata i'n sydyn a rhoi llyfr yn fy llaw. "Gobeithio y gwnei di ei fwynhau e, Eliza," meddai'n swil. Edrychais ar glawr y llyfr bach – *A Curious Herbal* gan Elizabeth Blackwell. Tu fewn i'r clawr roedd Jac wedi ysgrifennu,

I fy ffrind annwyl iawn, Eliza, oddi wrth ei ffrind Jac.

Teimlais lwmp yn fy ngwddf eto. Taflais fy mreichiau o'i gwmpas heb feddwl a'i wasgu'n dynn, dynn, dynn. Pan ollyngais e'n rhydd roedd ei wyneb e'n goch ac fe wridais i hefyd. "Mae'n ddrwg gen i nad oes dim gen i i'w roi i ti," meddwn o'r diwedd.

Pwyntiodd at yr holl fagiau o'i gwmpas. "Diolch byth am hynny," meddai. Roedd e'n hanner gwenu ond gallwn weld fod ei lygaid yn llawn. "Fe ysgrifenna i atat ti, Eliza. Rwy'n addo. Yn syth ar ôl inni setlo. Ond plîs, ceisia berswadio dy dad i ddod i America. Wyt ti'n addo?"

Rhoddais fy ngair iddo. Allwn i ddim dweud llawer gan fod gormod o gryndod yn fy llais. Ac yna clywais lais ei dad yn gweiddi ar Jac i frysio, oherwydd roedd hi'n bryd mynd ar y trên. Roedd hi'n dipyn o wasgfa ar ôl i bawb fyrddio – yr holl deuluoedd a phecynnau a bocsys wedi'u gwasgu i mewn gyda'i gilydd. Yna clywais lais aneglur, a gweld John Brigham yn gwthio'i ffordd at y ffenest i siarad â Dad. Dringodd Dad y grisiau bach pren a daeth pen Mr B i'r golwg drwy'r ffenest. Gwasgodd ddarn o bapur i law Dad.

"Cyfeiriad fy nghefnder yn Bank Top," meddai. "Ysgrifenna atyn nhw os newidi di dy feddwl."

Canodd y chwiban wedyn a galwodd y gard ar Dad i symud 'nôl wrth i'r trên hwntian ymlaen – yn ara deg i ddechrau, yna'n gynt a chynt. Yn gyflymach na'r cychod ar y gamlas, yn gyflymach na cherbydau'r ceffylau a'r wagenni ar Stryd Great Ancoats. Rhedais ar hyd y platfform a sefyll yn gwylio'r trên mawr du'n mynd yn llai ac yn llai yn y pellter.

Dydd Mercher, Hydref 26

Rwy'n bedair ar ddeg oed heddiw. Do'n i ddim yn disgwyl cael anrhegion gan ein bod ni mor brin o arian, ond pan gyrhaeddais adre o'r felin, dyna lle roedden nhw, wedi'u gosod yn daclus ar y bwrdd. Mae Mam wedi gwneud ffedog newydd i fi. Mae'r pwythau'n fanach nag y gallai fy mysedd lletchwith i fyth eu gwnïo. Mae Emmy wedi rhoi hances i fi ac wedi pwytho fy enw a'r dyddiad arni. "Mae'n fendigedig," meddwn i wrthi, a daeth gwrid i'w bochau. Mae Mam am i Emmy gael prentisiaeth gyda gwniadwraig pan fydd hi'n hŷn, ond mae Dad yn dweud fod yr oriau'n hwy, y tâl yn llai, a'r gwaith yn fwy anodd na'r felin hyd yn oed. Cefais ddau ruban gwyrdd gan Dad. Gwyrdd y Siartwyr, meddyliais, a chofio'r rubanau a wisgai'r gwragedd yng nghyfarfod y Siartwyr. Ro'n i wedi anghofio'n llwyr am y cyfarfod – fel petai'n bell yn ôl. Dydyn ni ddim yn sôn am yr amser hwnnw rhagor, a heb Jac rwy wedi cael fy ynysu oddi wrtho rhywsut. Am eiliad teimlais yn drist eto wrth hel atgofion, a chlymais y rubanau yn fy ngwallt. Gwenodd Dad wrth edrych arna i ac ro'n i'n teimlo bod y weithred fach syml honno wedi codi'i galon ychydig.

Tad-cu annwyl! Cerddodd yr holl ffordd i dŷ Mrs Legg ar ei ben ei hun i nôl pot o eli, i leddfu tipyn ar fy nghoesau a 'nhraed blinedig. Rhwbiais ychydig i mewn cyn mynd i'r gwely ac edrychais ar y perlysiau a'r blodau gefais i gan Jac. Ro'n i wedi eu rhoi ar sil y ffenest i sychu ar ôl iddyn nhw wywo, ond mae'r arogl yn dal yno. Mae'r llyfr bach gefais i ganddo ar bwys fy nyddiadur o hyd. Rwy'n gweld ei eisiau'n fawr iawn.

Dydd Iau, Hydref 27

Roedd Bob Wavenshawe'n sefyll yn yr iard pan o'n i'n gadael y gwaith heddiw. Gwenodd ei hen wên reibus, a brysiais heibio. Gallwn deimlo ei lygaid arna i a cherddais yn gynt.

Pam na fyddai e'n gadael y felin? Mae'n gas gen i feddwl am Dad yn gorfod gweithio mor agos at ddyn mor annymunol.

Dydd Sul, Hydref 30

Mynd i ddathlu fy mhen-blwydd yng Nghaeau Green Heys heddiw. Ro'n i'n methu'n lân â chysgu am sbel neithiwr, ond erbyn y bore 'ma roedd rhaid i Mam ddod i alw arna i sawl gwaith. Mae'n anodd dod 'nôl i drefn y felin unwaith eto ac rwy'n cysgu mor drwm.

Roedd y coed yn frowngoch i gyd ac roedd gwawr aur arnyn nhw yng ngolau haul yr hydref. Roedd hi'n dal yn gynnes, ac fe giciodd Emmy a fi ein clocsiau pren trwm i ffwrdd er mwyn teimlo'r gwair meddal, iach o dan ein traed. Buon ni'n chwarae cuddio, a mwgwd y dall. Sgrechiodd Emmy pan wthiais hi at Tad-cu – roedd hwnnw'n troi a throi fel top, a'i freichiau'n troelli. Buon ni'n chwerthin am ei ben! Roedd Mam wedi dod â bwyd – bara ceirch a menyn a darn o fara sinsir yr un! O, roedd e'n blasu'n fendigedig yn yr awyr iach. "Daw bola'n gefen!" meddai Tad-cu'n wên o glust i glust. Ond y peth gorau oedd cael bod yn hapus gyda'n gilydd – yn deulu go iawn unwaith eto.

Dydd Mawrth, Tachwedd 1

Roedd hi'n Noson Calan Gaeaf neithiwr a bu Tad-cu'n adrodd straeon o gwmpas y tân. Yn y diwedd, dwedodd Mam wrtho am frathu'i dafod, neu byddai Emmy'n cael hunllefau! Ond mae Tad-cu'n llawn straeon difyr. Rydyn ni wrth ein boddau'n gwrando ar ei storïau – am geunentydd lle mae corachod yn cuddio, a Bryn Pendle yn y gogledd lle roedd gwrachod yn arfer hedfan ar ysgubau, a Choedwig Pendle lle byddai'r sawl oedd yn ddigon ffôl i fentro allan yn y gwyll yn gweld ysbrydion helfa rhwng y coed. Mae Tad-cu yn dweud fod bwgan ym mhob cors a choeden ac adfail yn yr hen le gwyllt. "Ond amser maith yn ôl oedd hynny," meddai gan wenu wrth weld ein hwynebau gwelw. "Ymhell bell yn ôl, cyn i fi gael fy ngeni. Doedd dim melinau yr adeg honno."

Ond fi oedd yn methu cysgu'r noson honno, nid Emmy! Roedd fy mhen i'n llawn storïau o fyd arall, ac yn y diwedd sleifiais i lawr y grisiau ac eistedd i ail-fyw'r straeon ym marwydos y tân. Byddwn wrth fy modd yn mynd i'r llefydd hynny roedd Tad-cu mor gyfarwydd â nhw yng nghefn gwlad.

Rhaid 'mod i wedi syrthio i gysgu wedyn oherwydd deffrais wrth deimlo law Mam ar fy ysgwydd. Roedd hi'n fore. Roedd y tân wedi hen ddiffodd ac ro'n i'n rhewllyd o oer.

Dydd Gwener, Tachwedd 4

Dechreuodd tân anferth heddiw ym melin Poole yn Stryd y Felin. Cafodd pawb fraw, oherwydd roedd y tân wedi lledu mor gyflym nes fod rhai gweithwyr wedi cael eu cau yn yr adeilad. Roedd fflamau a mwg yn tagu'r prif risiau a doedd dim ffordd arall iddyn nhw ddianc. Ro'n i wedi clywed am y tân cyn cyrraedd adre. Ro'n i'n gallu arogli'r mwg o'r iard. Wrth ysgrifennu nawr, rwy'n dal i allu gweld y fflamau ac arogli'r mwg. Mae'r clos yn drewi. Rwy mor falch nad ydw i'n gweithio ym melin Poole – allwn i ddim cerdded drwy'r gatiau a finnau'n gwybod bod cynifer o gydweithwyr wedi marw yno.

Dydd Sul, Tachwedd 6

Wedi bod yn darllen y llyfr bach a gefais gan Jac. Mae mor hardd, ac mae wedi fy helpu i anghofio am y rhai fu farw ym melin Poole. Ar bob tudalen mae llun blodyn neu berlysieuyn, ac o dan yr enw mae'n nodi ar gyfer beth mae'n dda. Mae 'na blanhigion i wella peswch, planhigion i leddfu bysedd sy'n gwynegu ac i wella'r ddannoedd. Dangosais y llyfr i Tad-cu. Goleuodd ei lygaid pan welodd y lluniau. Roedden ni'n dau wedi ymgolli'n llwyr a chlywson ni mo Mam yn ein galw i gael te. Gofynnodd Tad-cu a gâi e ddangos y llyfr i Mrs Legg, ac ar ôl clirio'r platiau aethom i ymweld â hi. Wrth iddi hi a Tad-cu edrych drwy'r tudalennau edrychais i ar gartre newydd Mrs Legg. Mae e'n lân ac yn dwt fel ei chartre o'r blaen – ac yn sychach na seler y Brighams, rwy'n credu. Roedd Tad-cu wedi dod â choed i gynnau tân, ond ro'n i mor falch fod un wedi'i gynnau'n barod ac yn llosgi'n braf yn y grât.

Cyn gadael, gafaelodd Mrs Legg yn nwylo Tad-cu a'u gwasgu yn ei dwylo brith, crynedig. Mae ei llygaid mor ddu a disglair â llygaid robin goch. Syllais arnyn nhw'n dal dwylo am amser. Ro'n i'n synnu at yr olwg denau a bregus oedd arni. Byddai chwa o wynt yn ei chwythu i ffwrdd – 'nôl i gefn gwlad, lle mae ei gwreiddiau.

Dydd Mawrth, Tachwedd 8

Es i â llyfr Jac i'r gwaith heddiw. Roedd hi'n ddiwrnod sych ond gwyntog, ac yn syth ar ôl gorffen clirio lapiais y siôl yn dynn amdanaf ac ymuno â Sara yn yr iard. "Beth yw'r llyfr?" gofynnodd yn llawn chwilfrydedd. Dangosais e iddi'n falch, ond ar ôl troi ambell dudalen rhoddodd y llyfr yn ôl heb ddweud gair a chladdu'i phen yn ei nofel. Eisteddais a'r llyfr yn fy nghôl. Mae mis wedi mynd heibio ers inni ffarwelio â'r Brighams yn yr orsaf. Meddyliais amdanyn nhw allan ar y môr mawr yn y llong fach a theimlais ryw ias. Yna gwelais Bob Wavenshawe allan yn yr iard, yn pwyso'n erbyn y wal yn syllu arna i. Caeais y llyfr yn glep ac es i mewn ar unwaith.

Dydd Gwener, Tachwedd 11

Roedd arolygwr yn y felin heddiw. Dwedodd Biddy y gall arolygwr daro i fewn i'r melinau heb roi rhybudd i'r meistr o flaen llaw. Ond roedd gwên ar wyneb Mr Davis fel petai e'n disgwyl ymweliad. Dwedodd Biddy'n ddiweddarach ei bod hi wedi dyfalu eisoes fod 'na arolygwr yn y dre. Gofynnais iddi sut roedd hi mor siŵr. "Cafodd y dŵr yfed ei newid ddwywaith bore 'ma," meddai gan dynnu wyneb. "Mae si yn lledu'n gyflym." Ond diflannodd y wên ar wyneb Mr Davis pan sylwodd yr arolygwr fod un o'r olwynion awyru wedi torri. Roedd pawb wedi stopio am ginio – ar amser am unwaith – ac roedd yr aer yn fwy clir gan nad oedd y peiriannau'n rhedeg, ond roedd yr arolygwr wedi sylwi ar y llwch mân gwyn ar ein dillad a'n gwallt. Galwodd ar Mr Davis i ddod draw a gallwn weld hwnnw'n seboni ac yn sicrhau'r arolygwr y byddai hi'n cael ei thrwsio. Ond doedd yr arolygwr ddim yn fodlon. Roedd yn siglo'i ben ac yn ysgrifennu'n ddiwyd yn ei lyfr nodiadau. Yna galwodd ar bob un ohonon ni fesul un i fynd trwy ein henwau a'n hoedran. Roedd Mary Whittle druan yn crynu fel deilen pan ddaeth ei thro hi, a dydw i ddim yn synnu oherwydd mae pob un o'r gweithwyr yn deall yn iawn nad yw hi'n naw oed eto. Ond dyna ddwedodd hi wrth yr arolygwr.

"Rwy'n naw oed, syr. Rwy'n addo," meddai, drosodd a throsodd. Druan fach! Ochneidiodd yr arolygwr a dweud y gallai hi fynd, ond yna galwodd ar Mr Davis eto. Roedd golwg flin arno; doedd e ddim yn ei chredu hi o gwbl. Pan gerddodd Mr Davis draw ato, roedd e'n crynu bron cymaint â Mary.

Yn nes ymlaen, bu Dad a fi'n siarad am ymweliad yr arolygwr, a dwedais wrtho sut roedd e wedi edrych yn y bwcedi ac ar yr olwyn awyru ac wedi gofyn ein hoedran. "Roedd y stafell yn llychlyd a'r olwyn awyru wedi torri," dwedais. "Ond o leia dyw hi ddim mor llethol nawr ag oedd hi yn yr haf." Yna soniais wrtho am Mary. Ochneidiodd Dad. "Mae'n ddrwg gen i dy fod ti'n gorfod gweithio'n y fath le," meddai. "Mae'n anodd gwybod beth sydd orau i'r teulu." Holais a oedd unrhyw newydd am y Brighams. Siglodd ei ben. "Ond paid â phoeni, Eliza," meddai. "Mae hyd yn oed stemar yn cymryd pythefnos i groesi'r Iwerydd. Mae llong ddeufast yn arafach na hynny – efallai y cymerith hi ddeufis neu fwy iddyn nhw gyrraedd Efrog Newydd. A chofia: ar ôl glanio mae'n daith bell arall i Bennsylvania. Dydw i ddim yn credu y byddwn ni'n clywed ganddyn nhw am rai wythnosau eto."

Dydd Sadwrn, Tachwedd 12

Roedd plentyn arall yn sefyll yn lle Mary heddiw. Roedd Sara'n credu bod Mary wedi cael ei diswyddo, ond rwy o'r farn mai wedi rhedeg i ffwrdd y mae hi. Roedd yr olwg ar wyneb Mr Davis yn dweud y cwbl. Y fath ryddhad! Roedd Biddy'n cytuno. "Does dim rhaid i'r arolygwr brofi ei hoed nawr," meddai. "Fydd dim rhaid i'r meistr gael gwared arni." Gofynnais iddi beth roedd hi'n credu y byddai Mary'n ei wneud. Cododd ei hysgwyddau. "Cael gwaith yn un o'r melinau eraill, siŵr o fod, lle dydyn nhw ddim yn holi gormod o gwestiynau," atebodd. Ond dydw i ddim mor siŵr oherwydd does dim llawer o swyddi ar gael.

Mae'r dŵr yfed wedi cael ei newid dair gwaith heddiw ac mae'r olwyn awyru yn mynd i gael ei thrwsio. Pethau bach, efallai, ond mi fydd yn lle brafiach o lawer i weithio ynddo. Dyw'r gost ddim yn ddrud i'r meistr ond mae'n gwneud cymaint o wahaniaeth i ni'r gweithwyr.

Dydd Sadwrn, Tachwedd 19

Mae'n beth rhyfedd iawn, ond rwy'n gweld Bob Wavenshawe ym mhobman. Weithiau rwy'n meddwl mai dychmygu ydw i, ond bob tro bydda i'n mynd allan i'r iard amser cinio, bydd e yno. A phan fydda i'n gadael y gwaith, mae yno eto – hyd yn oed os bydda i'n hwyr. Mae'n mynnu dal fy llygad, a dydy e ddim yn edrych i ffwrdd wedyn, dim ond dal ati i syllu. Syllu a gwenu. Pan rwy'n gadael y felin rwy'n gwneud yn siŵr fod un o'r merched yn gwmni i mi. Dydw i ddim eisiau bod ar fy mhen fy hun gydag e. Mae Biddy a Sara wedi sylwi ar y ffordd mae e'n edrych arna i. Mae'n gyrru iasau trwyddyn nhw.

Ar ôl gwaith roedd Bob yno fel arfer, yn pwyso'n erbyn gât y felin, yn dal i syllu drwydda i. Ond roedd Dad gydag e, a phan welodd e fi'n dod galwodd arna i. Cerddais ato'n ara bach, gan lusgo fy nhraed, yn dymuno i Bob ddiflannu oddi ar wyneb y ddaear. Rhoddodd Dad ei fraich amdana i a gafael yn dynn. Gwenodd Bob yn gam. "Mae'r ferch wedi tyfu'n hogan smart," meddai. Edrychodd Dad yn falch arna i. Welodd e mo'r olwg ar

wyneb Bob. Mae Dad yn dal i feddwl mai ei ferch fach
ydw i. Dydy e ddim yn sylweddoli 'mod i'n tyfu i fyny.

Dydd Sul, Tachwedd 27

Mae Mrs Legg wedi marw! Rwy'n teimlo'n ddigalon na
wela i hi byth eto. Roedd llygaid Tad-cu'n goch pan
ddwedodd e wrthon ni. Roedd Mrs Legg wedi gadael ei
heiddo i gyd iddo. Roedd hi wedi gadael neges i fi hefyd.
"Dwed wrth yr un fach mai trwy'r to *ifanc* mae'r *hen*
draddodiadau'n para'n fyw." Teimlwn yn rhyfedd pan
ddwedodd Tad-cu hynny wrtha i. Byddwn i'n gwneud fy
ngorau glas, ond wyddwn i ddim sut chwaith. A phetaen
ni'n aros ym Manceinion, sut allwn i wireddu ei
dymuniad hi? Gwenodd Tad-cu a dweud y bydden ni'n
siŵr o ddod i ben rywsut.

Roedd e am i bethau Mrs Legg ddod i'r tŷ – popeth,
gan gynnwys y perlysiau a'r planhigion sych oedd
ganddi'n hongian o'r nenfwd. Ond doedd Mam ddim yn
fodlon. "Bydd afiechydon yn dod i'r tŷ," meddai.
Ddwedodd e'r un gair ond roedd e wedi cael siom ac ro'n
innau wedi fy siomi yn ei sgil. Roedd cartre Mrs Legg
bob amser fel pìn mewn papur. Sut yn y byd gallai Mam

gredu'r fath beth? "Pam dwyt ti ddim yn fodlon i Tad-cu ddod â'r pethau yma?" gwaeddais. "Sut allan nhw roi niwed i ni?"

"Chân nhw ddim dod ar gyfyl y lle 'ma," meddai Mam. "Sut wyddon ni beth laddodd hi? Roedd yr oglau drwg yn ddigon i wneud unrhyw un yn sâl."

"Ond fe wellodd hi Michael," dwedais yn styfnig. Cododd Mam ei haeliau. "Mae Michael yn fachgen cryf," meddai. "Byddai ei fraich wedi gwella heb help neb."

Ac yna ynganais y geiriau y byddaf yn eu difaru am byth. Fedrwn i mo'u tynnu 'nôl – roedd hi'n rhy hwyr. "Byddai hi wedi helpu William hefyd petait ti wedi bod yn fodlon iddi wneud." Dyna nhw, y geiriau. Er i mi eu dweud yn dawel, rwy'n gwybod fod Mam wedi clywed. Gwelodd eu hystyr ar fy ngwefusau ac yn fy llygaid. Edrychai fel petawn i wedi ei chyhuddo o ladd William â'i dwylo'i hun. Teimlwn yn sâl wrth weld ei hwyneb, ond alla i ddim anghofio sut y gwrthododd Mam help Mrs Legg – ac mae bron dair blynedd ers ei farwolaeth.

Mae Mam wedi'i brifo'n arw. Does dim y galla i ei ddweud na'i wneud i leddfu'r boen mae'n ei deimlo.

"Gwnaeth dy fam bopeth a allai dros William," meddai Tad-cu. "Cofia di hynny. Roedd ei ysgyfaint yn wan ac roedd e wedi bod yn fachgen bregus erioed. Fyddai e byth wedi bod yn iach yma ym Manceinion." Rwy'n fwy penderfynol nag erioed i symud o Fanceinion. Rwy'n siŵr

ei fod e'n dweud y gwir. All dim o werth dyfu'n iach
yma, na blodeuo.

Dydd Llun, Tachwedd 28

Helpu Mam gyda'r gwaith tŷ heno er 'mod i wedi
blino'n lân ar ôl bod yn y felin drwy'r dydd. Rwy am
ymddiheuro am yr hyn ddwedais i ddoe a dyma un
ffordd o ddangos hynny. Gwelais ei dwylo – yn graciau i
gyd ac yn gignoeth oherwydd y golchi a'r oerfel – a
theimlais yn euog. Jac oedd yn iawn. Rwy wedi bod yn
hunanol. Plentyn ydw i o hyd – ac fel plentyn dydw i
ddim wedi meddwl am deimladau pobl eraill.

Dydd Sadwrn, Rhagfyr 17

Mae 'na reswm pam nad ydw i wedi bod yn ysgrifennu
yn y dyddiadur yn ddiweddar. Mae fy nwylo'n brifo
gormod oherwydd llosg eira. A beth bynnag, does gen i
ddim byd diddorol iawn i'w ddweud. Mae'r tywydd yn

oer a gwlyb, ac yn ein cadw ni yn y tŷ y rhan fwyaf o'r amser. Mae'n ddiflas gorfod aros tu mewn. Naill ai rwy'n y felin, neu wedi cael fy nghau o fewn y pedair wal 'ma. Dydy Mam ddim yn fodlon i fi adael y clos hebddi hi neu Dad. Rwy'n dweud wrthi fod pethau'n well erbyn hyn. Ond mae hi o'r farn fod y strydoedd yn edrych yn fwy bygythiol bob wythnos.

Dydd Sul, Rhagfyr 18

Aeth Dad, Emmy a fi i Green Heys heddiw i gasglu uchelwydd, celyn a phlanhigion bythwyrdd i addurno'r tŷ ar gyfer y Nadolig. Cododd fy nghalon dipyn bach wrth weld y caeau. Roedd popeth yn hardd – y coed a'r borfa'n disgleirio'n wyn gan farrug. Roedd y pwll wedi rhewi hefyd ac roedd Emmy a fi'n ysu i sglefrio arno, ond cydiodd Dad mewn darn hir o bren a'i brocio i ddangos pa mor denau oedd y rhew. Ond o, roedd hi'n oer! Ro'n i'n neidio o un droed i'r llall i gadw'n gynnes, ac erbyn i ni orffen casglu planhigion roedd fy nwylo a 'mysedd wedi fferru. Buon ni'n rhedeg o gwmpas i gynhesu cyn cerdded adre a chydiais yn fy sgert a llithro ar draws y cae. Roedd fy ngwallt yn datod o dan fy siôl a'r clocsiau'n syrthio oddi ar fy nhraed. Llithrodd Emmy a chwympo ar ei phen-glin, ond am unwaith wnaeth hi ddim crio. Dim ond codi'n simsan ar ei thraed a dod ar fy ôl i eto! Roedd hi mor falch â fi i gael awyr iach o'r diwedd.

Wedi cyrraedd adre fe fuon ni'n hongian y celyn ar hyd y waliau a'r lle tân, a rhoi ychydig o uchelwydd uwchben y drws. Ond dyw'r Nadolig yma ddim 'run fath. Mae cymaint o dai Ancoats yn dawel a gwag. Nid fel hyn mae'r Nadolig i fod.

Mae'r Nadolig yn adeg i fod gyda ffrindiau a theulu – ond mae'n ffrindiau *ni* ymhell bell i ffwrdd.

Dydd Gwener, Rhagfyr 23

O'r diwedd, llythyr oddi wrth y Brighams. Maen nhw wedi cyrraedd Pennsylvania! Roedd y daith yn arw. Doedd dim digon o le i'r ymfudwyr, felly roedd rhaid gwneud orau fedren nhw, ond roedd llawer wedi mynd yn sâl am eu bod nhw wedi eu hel gyda'i gilydd fel gwartheg o dan y dec. Ond fe gyrhaeddon nhw ben y daith yn ddiogel ac mae Jac a Mr Brigham wedi cael gwaith ar y rheilffordd. Mae Jac yn dal i obeithio gwerthu'i ddyfais a chael gwaith fel peiriannydd neu yn un o'r melinau. Ond o leia maen nhw i gyd yn iawn. Yn ddigon pell o Fanceinion hyll ac, yn well fyth, yn ddigon pell o'r felin a'r trafferthion sy'n ein hwynebu ni. Sgwn i pryd glywa i oddi wrth Jac? Rwy'n teimlo braidd yn flin nad ydy o wedi trafferthu i sgrifennu ata i hyd yma.

Dydd Sul, Rhagfyr 25

Diwrnod oer, gaeafol. Anfonodd Mam fi draw at y teulu Elia i'w gwahodd i ymuno â ni am ginio, ond roedden nhw'n mynd at berthnasau. Roedd hynny'n rhyddhad i mi a dweud y gwir, er i Mam ddweud y dylwn i ddangos mwy o ysbryd yr ŵyl. Cawsom ddarn da o borc wedi'i rostio i ginio, ac yna daeth Mam â'r pwdin. Dwedodd Dad mai dyna'r pwdin gorau iddo'i flasu erioed. Yna aethon ni i eistedd o flaen tanllwyth o dân i rannu'r anrhegion. Rhoddodd Tad-cu becyn bach o gamomil sych i fi ar y slei, a thybiais ei fod wedi ei gadw e o bethau Mrs Legg. "Paid â dweud wrth dy fam," sibrydodd. Faint yn rhagor o elïau a phowltrisau Mrs Legg mae e wedi'u cadw, tybed? Cyn mynd i'r gwely galwodd Dad am lwncdestun i "ffrindiau coll", ac roedd rhaid i Mam, Emmy a fi sychu'n dagrau. Ceisiodd Tad-cu godi calon pawb drwy sôn am y Nadolig 'slawer dydd.

Sut roedden nhw'n arfer dod â'r boncyff ar Noswyl Nadolig a'i addurno â phlanhigion bythwyrdd. Roedd rhaid iddyn nhw gael ceffyl gwedd i dynnu'r boncyff at y drws am ei fod e'n rhy fawr ac yn rhy drwm i'w gario. Roedd e bron yn goeden, meddai Tad-cu'n falch gan ddangos â'i freichiau ar led pa mor llydan oedd e. Chwarddodd pawb. Ro'n i'n credu fod Tad-cu'n mynd i dagu ar ei chwerthin! Cafodd Tad-cu ei fagu mewn bwthyn, fel ei dad a'i dad-cu yntau. Mae Dad yn eu cofio'n dda.

Dydd Sul, Ionawr 1, 1843

Mae'r strydoedd yn orlawn, a phawb yn dymuno Blwyddyn Newydd Dda'n swnllyd. Mae 'na ryddhad ar wynebau pobl wrth gyfarch ei gilydd ar y stryd. Mae pawb yn falch bod 1842 wedi mynd heibio. Treulion ni Nos Galan ddistaw adre'n y tŷ, a doedd y flwyddyn newydd ddim wedi cyrraedd cyn i ni fynd i'r gwely. Rwy'n credu fod pawb eisiau ffarwelio â'r hen flwyddyn cyn gynted â phosib.

Dydd Mercher, Ionawr 4

Ro'n i'n hwyr yn gadael y stafell gribo heddiw gan fod Mr Davis wedi gofyn i fi glirio fel arfer. Pan es i allan i'r iard, pwy oedd yn sefyll yno ond Bob. Suddodd fy nghalon pan welais i e'n sefyll wrth y gât lle na allwn i ei osgoi. Edrychais o gwmpas am Biddy a Sara, ond roedden nhw wedi mynd ac ro'n i ar fy mhen fy hun. Ceisiais frysio heibio heb edrych arno, ond daeth draw ata i dan rwbio'i ddwylo, a chlywais ei fysedd yn clecian. Gwingais a chamu'n ôl, a gwelais y wên giaidd yn dangos ei ddannedd melyn. Roedd e'n amlwg yn falch o 'nghael i ar fy mhen fy hun. "Dyw'r strydoedd ddim yn ddiogel, Eliza fach," meddai. "Duw a ŵyr pwy sy'n llechu yno."

Dwedais wrtho'n gwrtais nad oedd Mam yn fodlon i fi gerdded gyda dynion. "Beth? Ddim hyd yn oed hen ffrind fel fi?" Gwenodd yn gam a chlosio ata i. Aeth ias i lawr fy nghefn, gwthiais heibio iddo a rhedeg allan drwy'r gât. Gwaeddodd rywbeth cas arna i. Roedd ofn yn clymu fy nhu mewn i, ond rhedais adre nerth fy nhraed. Roedd Mam yn gynddeiriog pan ddwedais wrthi.

"Rhaid dweud wrth dy dad," meddai. "Fe gaiff e wybod a rhoi stop ar y ffwlbri 'ma."

"Na, Mam," llefais, a dwedais wrthi beth waeddodd e tu ôl i 'nghefn i. Roedd e'n gwybod fod Dad wedi cymryd rhan yn y streic a'i fod e'n derfysgwr ac yn un o'r Siartwyr. Edrychodd Mam arna i'n llym. "Wyt ti'n siŵr?" gofynnodd. "Rwtsh! Dyw dy dad ddim wedi gwneud unrhyw beth o'i le." Dwedais nad oedd ei barn hi'n mynd i newid pethau. Roedd fy llais i'n crynu wrth ei hatgoffa am y nyddwyr oedd wedi cael eu diswyddo mor sydyn ar ôl y streic, ac am yr holl Siartwyr ar hyd a lled y wlad oedd wedi cael eu harestio.

"Dwedais wrtho ddigon am beidio ag ymhel â'r fath bobl," meddai'n chwerw.

Mae Dad gartre bellach a gallaf weld yr un gofid yn wynebau'r ddau – gair Dad yn erbyn un Bob fydd hi bellach.

Dydd Mercher, Ionawr 11

Cyrhaeddodd llythyr oddi wrth Jac heddiw! Roedd yn aros amdana i pan gyrhaeddais adre a rhedais i'r llofft i'w ddarllen. Mae e'n dal i weithio ar y rheilffordd, yn dal i geisio gwerthu'i ddyfais . . .

"*Ond mae Mr Smythson o felin Smythson wedi*

dangos diddordeb ynddi, ac rwy'n gobeithio y bydd lle i mi yn ei weithdy . . ." ysgrifennodd.

Ro'n i'n llawn cyffro ar ôl darllen y pwt yna! Ac mor falch ohono.

"Mae America'n lle anhygoel. Mae gwaith caled a dyfeisgarwch yn cael eu gwobrwyo yma. Plîs, Eliza, perswadia dy dad i ddod â ti yma. Mae Dad yn credu y daw ei gefnder, Peter Cooke, â'r teulu draw yma'n fuan . . ."

Maen nhw'n cael eu parchu yn America, ysgrifennodd Jac. Gweinidogion yr Efengyl, peirianwyr, a hyd yn oed gweithwyr y felin yn cael eu trin yn gyfartal, oherwydd ymfudwyr oedden nhw hefyd. Maen nhw'n gweithio ymysg Pwyliaid, Rwsiaid, Almaenwyr, yn ogystal â theuluoedd o Loegr ac Iwerddon. Dyw pawb ddim yn deall ei gilydd yn siarad, ond mae Jac yn dechrau dysgu mwy am y bywydau a'r cartrefi maen nhw wedi'u gadael ar ôl. Mae llawer ohonyn nhw wedi dianc rhag erledigaeth lawer gwaeth na ni. Ond mae America'n derbyn pawb â breichiau agored.

Dydd Gwener, Ionawr 13

Daeth llythyr arall heddiw. Dau mewn wythnos! Dwedodd Dad taw llythyr oddi wrth gefnder John Brigham yw e, Peter Cooke. Eu bwriad nhw yw ymuno â'r Brighams cyn gynted ag y gallan nhw drefnu taith i Efrog Newydd. Mae Peter Cooke yn nyddwr ym Melin New Eagley yn Turton, lle bach i'r gogledd o Fanceinion. Do'n i ddim yn deall i ddechrau pam roedd e wedi ysgrifennu aton ni – a wnaeth Dad ddatgelu dim, dim ond chwerthin a chuddio'r llythyr. Ond roedd golwg feddylgar iawn arno ar ôl ei ddarllen, ac yn ddiweddarach gwelais ei fod e'n ysgrifennu'n ôl. Doedd e ddim yn fodlon dweud beth oedd cynnwys ei lythyr, ond sylwais nad oedd wedi gwastraffu amser cyn ateb. Alla i ddim stopio meddwl am y llythyr. Ydy e wedi perswadio Mam o'r diwedd i adael y clos?

Dydd Sul, Ionawr 22

Mae Dad wedi mynd i gwrdd â Peter Cooke. Dyw Mam ddim yn fodlon datgelu mwy, ond mae'r olwg ar ei hwyneb yn codi gobeithion eto. Ydy Dad wedi mynd i drafod trefniadau taith i America? Oes unrhyw reswm arall pam fyddai e wedi mynd mor bell?

Trodd fy meddwl at y Brighams wedyn. Rwy wedi bod yn eistedd yma ers tipyn yn dal llyfr Jac yn fy nghôl, ond alla i ddim canolbwyntio arno o gwbl. Mae fy llygaid i'n troi at y ffenest o hyd. Mae'n bwrw eira'n drwm nawr a dyw Dad ddim 'nôl eto.

Dydd Llun, Ionawr 23

Roedd hi'n rhyddhad mawr pan welais i Dad yn sleifio i'r stafell yn dawel bach bore 'ma! Mae eira mawr allan yn y wlad, meddai, ac ar ei ffordd 'nôl fe gwympodd y ceffyl oedd yn tynnu'r gert i luwch o eira, ond daeth certmon arall heibio a'i helpu i'w dynnu allan. Gofynnais iddo pam roedd e wedi trafferthu mynd mor bell mewn eira mawr.

Atebodd e ddim yn syth, ond erfyniais arno i ddweud wrtha i. Yna dwedodd ei fod yn gobeithio cael swydd Peter Cooke ym Melin New Eagley! "Does ganddo fe neb i gymryd ei olwynion," meddai Dad. "Eliza, do'n i ddim eisiau i ti gael gwybod mor fuan. Do'n i ddim am godi dy obeithion di. Dydw i ddim wedi siarad gyda Mr Ashworth eto, perchennog y felin." Gwenodd arna i. Ceisiais wenu'n ôl ond roedd ei eiriau wedi rhoi cymaint o siom i fi.

Mae melinau Ashworth yn enwog am greu edafedd o'r ansawdd gorau, meddai Dad, ond maen nhw, hyd yn oed, wedi cael trafferth gyda gwerthiant yn ystod y misoedd diwetha, wrth i'r galw am gotwm ostwng. Ond mae'r defnydd sy'n cael ei nyddu a'i wehyddu ym melinau Ashworth gyda'r gorau yn Lloegr, a'r gobaith yw y bydd masnach yn cynyddu eto cyn bo hir. Mae dwy felin, meddai – un yn Egerton gerllaw a'r llall yn New Eagley. Dau frawd yw'r perchnogion a Henry Ashworth, yr hynaf, sy'n rhedeg New Eagley.

Roedd rhaid i fi frathu 'nhafod rhag dweud wrth Dad nad oedd gen i ronyn o ddiddordeb. Ond dwedais wrtho 'mod i wedi meddwl ei fod e'n bwriadu mynd â ni i gyd i America. Roedd golwg syn arno. Dydw i ddim yn credu fod y syniad wedi croesi ei feddwl hyd yn oed!

"Sut gallen ni fynd â Tad-cu?" gofynnodd. "Mae'n

mynd yn fwy bregus nawr, Eliza. Dydw i ddim yn credu y bydde fe'n goroesi'r daith. Ac allwn ni byth ei symud e o un llety i'r llall tra'n bod ni'n chwilio am waith." Fyddai Mam byth yn codi gwreiddiau o Loegr chwaith. Ond ro'n i'n methu cuddio fy siom. Dyna o'n i'n ysu amdano dro'n ôl. Ro'n i wedi breuddwydio am fyw allan yn y wlad er pan o'n i'n ferch fach. Ond ai newid o un gaeth-wasanaeth i un arall fydda i? Ai merch y felin fydda i o hyd?

Dydd Iau, Chwefror 2

Llythyr arall oddi wrth Jac! Mae'n dweud yn ei lythyr fod cloddio'r rheilffordd yn waith diflas ac oer. Ond mae Mr Smythson wedi addo gwaith iddo. "Erbyn i ti dderbyn y llythyr hwn fe fydda i'n fecanic ym melin Smythson." Mae'n swnio mor falch. Ysgrifennais yn ôl ato'n syth a dweud ein bod ni i gyd yn falch iawn ohono, ond o, petawn i ond yn gallu dweud hynny wrtho wyneb yn wyneb.

Dydd Mawrth, Chwefror 7

Mae Dad wedi clywed oddi wrth Mr Ashworth! Rhaid iddo fe fynd i Felin New Eagley ddydd Sul nesa a dangos llythyr cymeradwyaeth oddi wrth y meistr. Ry'n ni i gyd yn llawn cyffro, ond neb yn fwy na Dad.

Dydd Sul, Chwefror 12

Aeth Dad yn ôl i Felin New Eagley bore 'ma. Roedd e wedi cychwyn yn y bore bach ond cododd pawb i ddymuno'n dda iddo – roedden ni i gyd mor gyffrous! Edrychodd Mam yn ofalus arno cyn iddo adael. Gwnaeth yn siŵr fod ei dei'n syth a'i wallt yn daclus fel petai'n fachgen bach ysgol. Ac roedd Dad yn wahanol rywsut. Yn ieuengach, yn llawn egni. Roedd Mam o'r un farn hefyd oherwydd doedd hi ddim yn medru stopio gwenu wrth edrych arno. Does dim byd allwn ni ei wneud nawr, dim ond aros yn amyneddgar. Ond hir yw pob aros, ac rwy wedi cnoi fy mhensil bron i'r bonyn. Rhaid i fi gadw'r hyn sydd ar ôl.

Dydd Llun, Chwefror 13

Mae Dad wedi cael swydd Peter Cooke! Ry'n ni'n gadael Manceinion! Ry'n ni'n symud i'r wlad! Cyflwynodd Dad ei lythyr ymddiswyddo'n swyddogol heddiw a dweud y byddwn ni'n rhoi'r gorau i'n gwaith yn Ancoats ymhen y mis. "Mae'r Ashworths yn feistri da," meddai. "Ry'n ni'n ffodus nad oes teulu yma gan Peter Cooke i adael yr olwynion iddyn nhw. Mae swyddi fel hyn ym melinau Ashworth yn brin fel aur."

Ro'n i wrth fy modd. Rhedais at Tad-cu a chydio'n ei ddwylo, a bu'r ddau ohonon ni'n gwenu a gwenu ar ein gilydd am hydoedd. Bydd hi'n braf cael gadael Manceinion a'r diawl Bob Wavenshawe.

Chwarddodd Dad a gwenodd Mam hyd yn oed, ond gwên fach drist oedd hi. Es draw ati a gafael ynddi ac fe ddaliodd hi fi'n dynn am funud. Bydd hi'n anodd i Mam adael y tŷ 'ma. Bydd hi'n anodd i bawb. Dim ond y lle 'ma sydd ar ôl o William. Ond mae'r amser wedi dod i symud ymlaen, a phan chwarddodd Mam a 'ngollwng i'n rhydd, roedd hi fel petai hithau'n sylweddoli hynny hefyd.

Dydd Mercher, Chwefror 15

Merch y felin ydw i a merch y felin fydda i. Heddiw cefais yr ateb ro'n i'n ei ofni. Mae 'na waith i fi yn y stafell gribo ym Melin New Eagley. Bydda i'n dal i weithio ar ôl gadael Manceinion. Dim ond newid o un man gwaith i'r llall.

"Mae melinau'r Ashworths yn llefydd iawn i weithio ynddyn nhw," meddai Dad eto. "Rwy wedi eu gweld â'm llygaid fy hunan. Mae'r stafelloedd yn fawr ac yn lân. Mae'r gweithwyr yn cael eu trin yn dda ac mae 'na lyfrgell lle gelli di fenthyg llyfrau." Os oedd Dad yn meddwl ei fod yn rhoi cysur i fi, doedd e ddim. Dim ond pâr o ddwylo ydw i o hyd.

Dydd Sul, Chwefror 19

Ysgrifennais at Jac yn adrodd yr hanes. Mae Dad wedi rhoi gwybod i'r Brighams eisoes.

Rhy oer i ysgrifennu mwy.

Dydd Mercher, Chwefror 22

Ar ôl gadael y felin heddiw es i weld Miss Croom. Roedd hi wedi synnu fy ngweld i wrth y drws, ond roedd hynny i'w ddisgwyl. Do'n i ddim wedi ei gweld ers gadael yr ysgol. Roedd yr atgofion yn brifo gormod. Ceisiais esbonio hynny iddi ac rwy'n credu ei bod hi wedi deall. Roedd hi'n cydnabod fod gwaith y felin yn anodd, ac nad oedd dim egni gan y disgyblion i barhau â'u hastudiaethau. "Gan gynnwys y rhai galluog," meddai, gan wenu arna i. Fe wridais i pan ddwedodd hynny wrtha i. Yna gofynnodd pam 'mod i yno, a dwedais wrthi ein bod ni'n gadael Manceinion ac yn symud i Eagley. Dwedais y byddwn i wrth fy modd yn rhoi'r gorau i'r gwaith yn y felin a mynd 'nôl i astudio, ond nad o'n i'n meddwl y byddai hynny'n bosib.

"Does dim llawer o gyfleoedd ar gael, Eliza," meddai. "Yn enwedig i ferched. Rhaid i ti achub ar bob cyfle." Dwedodd wrtha i am wneud defnydd da o'r llyfrgell yn Eagley. Ond wn i ddim sut alla i ddod o hyd i'r amser na'r egni i astudio tra 'mod i'n dal i weithio.

Cerddais adre'r ffordd hir – i lawr i'r gamlas a heibio siop Mr Brown. Wrth fynd heibio gallwn weld bod y ffenestri wedi'u byrddio a dim golwg o Mr Brown. Roedd y gamlas yn dal i fod yn ddu ac yn ddrewllyd, ond doedd dim ots bellach, oherwydd cyn bo hir bydda i'n edrych ar ddŵr clir Nant Eagley. Yn ôl i Stryd Great Ancoats wedyn. Rwy'n mwynhau bod yno. Roedd yn edrych yn wahanol heddiw rywsut. Y siopau bach – mor anniben a budr. Ac yna cyrraedd y felin – rwy'n casáu'r lle. Yn casáu popeth amdano!

Dydd Sadwrn, Chwefror 25

Er nad ydym yn mynd oddi yma am bythefnos arall, mae Mam wedi dechrau trefnu ein dillad a'n heiddo. Mae'r dillad sydd wedi mynd yn rhy flêr i'w trwsio'n cael eu taflu. Unrhyw beth nad oes wir ei angen yn cael ei werthu, a'r arian yn cael ei ddefnyddio i dalu am y daith i Eagley. Mae Dad yn ei rhybuddio i beidio â mynd dros ben llestri. "Bydd rhaid dodrefnu'n cartre newydd, cofia," meddai dan chwerthin.

Mae'n cartre newydd yn mynd dan groen Mam. Roedd hi wedi dychmygu y bydden ni'n symud i hen gartre Peter Cooke yn Bank Top – y pentre nesa at Felin New Eagley. Ond yn ôl Dad, dim ond gweithwyr ffyddlon sydd wedi rhoi blynyddoedd o wasanaeth i'r Ashworths sy'n cael byw yn y bythynnod. Mae Mam yn argyhoeddedig fod Dad yn ein hel ni i fyw mewn bwthyn simsan ymhell o'r pentre. Yn Bolton, efallai, fyddai'n waeth fyth. Ond mae Dad yn dweud ei fod wedi dod o hyd i fwthyn bach clyd i ni. Gyda'n gardd ein hunain! Teimlais yn llawn cyffro pan ddwedodd e hynny! Treuliodd Tad-cu a minnau'r noson yn cynllunio'r holl flodau a phlanhigion y byddwn yn eu tyfu'n yr ardd newydd.

Dydd Sadwrn, Mawrth 4

Mae 'na rai pethau na all Mam eu gwaredu. Pan mae hi'n credu nad oes neb yn ei gweld mae'n rhoi rhai o bethau William mewn bocs. Fel petai'n ceisio'i darbwyllo ei hun fod William yn dod gyda ni. Wnaiff hi ddim – all hi ddim – gadael dim ohono ar ôl.

Un wythnos i fynd.

Dydd Sul, Mawrth 12

Yma o'r diwedd – yng nghartre Peter Cooke. Sleifiais allan o'r gwely er mwyn sgrifennu'r dyddiadur yng ngolau'r lleuad. Braidd yn drafferthus oedd hynny, oherwydd mae pedwar ohonon ni'n rhannu gwely – Emmy, fi, a Jenny a Harriet Cooke, y ddwy chwaer. R'yn ni'n gorwedd ben wrth gwt. Mae'r brawd mawr, Joe, wedi rhoi ei wely i Mam a Dad ac yn cysgu lawr llawr gyda Tad-cu. Ymhen ychydig ddyddiau fe fyddwn ni'n symud i'r tŷ newydd.

Ein cartre newydd! Alla i ddim credu'r peth. Edrychaf ar y sêr gan wybod y bydd yr awyr yn dal yn glir o fwg pan ddaw'r bore. Ond mae'n anodd dychmygu. Ym Manceinion, dydy awyr y nos byth yn hollol dywyll, ac mae haul y dydd yn cael ei orchuddio gan fwg dudew hyd yn oed ganol haf. Ond nawr fe fydda i'n gallu teimlo'r haul ar fy wyneb.

Roedd y daith *mor* hir. Diwrnod cyfan i deithio i Bank Top o Ancoats! Mae fy nghorff yn brifo ac wedi cyffio ar ôl bod ar y gert mor hir, ond rwy'n rhy aflonydd a chyffrous i gysgu. Diolch byth nad oes rhaid codi'n gynnar bore fory. Dwedodd Dad na fydda i'n dechrau'n y felin tan yr wythnos nesa. Mae gen i wythnos gyfan i ddod i 'nabod y lle bendigedig 'ma! I grwydro'r caeau a'r bryniau ac anadlu aer sydd heb ei lygru gan fwg a pharddu.

Dydd Llun, Mawrth 13

Doedd gen i ddim syniad ble ro'n i bore 'ma pan ddeffrais i, a phan glywais gloch y felin ro'n i bron â syrthio i lawr y grisiau mewn panic, wedi hanner gwisgo. Chwarddodd Mam wrth weld yr olwg ar fy wyneb.

Roedd Peter a Joe Cooke a Dad wedi mynd i'r felin yn barod, ond roedd sawl wyneb bach eiddgar yn gwenu arna i wrth y bwrdd ac eisteddais ar focs wrth eu hymyl. Bara newydd ei bobi a bara ceirch i frecwast. Hyfryd! Mrs Cooke oedd wedi pobi'r ddau yn ei ffwrn. Dychmygwch – eu ffwrn eu hunain! Ar ôl gorffen brecwast dangosodd Mrs Cooke y ffwrn i Mam. *Ac* mae ganddyn nhw foeler i gynhesu dŵr. Roedd Mam wedi gwirioni'n lân, yn ochneidio ac ebychu, a bu rhaid i Mrs Cooke ddangos iddi dro ar ôl tro sut roedden nhw'n gweithio. Mae ganddyn nhw garreg ar gyfer golchi a sgrwbio – ac mae dŵr glân yn cael ei bwmpio i'r tŷ! Doedd dim rhaid mynd allan i'w nôl. Ac yn rhyfeddach fyth – mae nwy'n cael ei gario i'r tŷ o'r felin! Dydyn ni erioed wedi clywed am y fath beth. Ro'n i'n teimlo 'mod i'n sefyll yn nhŷ'r meistr ei hun. Dwedais hynny wrth Mrs Cooke a chwarddodd hithau a dweud fod tai y meistri'n grand ofnadwy.

Ac mae 'na dŷ bach ynddo hefyd! Dwedodd Mrs Cooke fod 'na dŷ bach ym mhob un o fythynnod Ashworth.

Ar ôl cael ein hebrwng o gwmpas y tŷ, anfonodd Mam ni allan i'r ardd. Ro'n i'n ysu am ei gweld. Do'n i ddim wedi ei gweld hi'n iawn – dim ond yn y tywyllwch a thrwy'r ffenest. Mae'n eitha bach, gyda ffens a gatiau haearn yn ei hamgylchynu. Cerddodd Tad-cu a fi o'i chwmpas yn araf a rhedodd Emmy i lawr y stryd gyda Harriet a Jenny. Mae eira'r gaeaf wedi diflannu a'r pridd yn drwchus a chleiog.

Tu hwnt i'r ardd mae caeau a choed ac yna'r rhosydd bryniog yn y pellter. Eisteddais ar y gwair a syllu a syllu. Allwn i ddim credu 'mod i yma.

Dydd Mawrth, Mawrth 14

Aeth Jenny a Harriet ag Emmy i'r ysgol heddiw. O, roedd hi'n anodd eu gwylio nhw'n mynd. Roedd pob gair ddwedodd Peter Cooke am yr ysgol yn fy ngwneud i'n fwy ymwybodol o'r hyn ro'n i'n ei golli. Mae pob plentyn yn aros yn yr ysgol tan eu bod nhw'n naw oed ac mae'r rhai sy'n gweithio'n y felin wedyn yn treulio rhan o bob diwrnod yn yr ysgol tan eu bod nhw'n dair ar ddeg. Mae'n llawer gwell na'r rhan fwyaf o ysgolion y ffatrïoedd, yn ôl Peter Cooke. Ond fe fydda i'n gweithio'n llawn amser. Bydd rhaid i'r llyfrgell wneud y tro i mi.

Daeth Peter Cooke ata i'n nes ymlaen. "Mae dy dad yn dweud dy fod ti'n dipyn o sgolor," meddai. Soniodd am y llyfrgell wych a'r stafell ddarllen yn y pentre a bod Mr Ashworth yn annog y gweithwyr i astudio. "Efallai byddi di'n athrawes ryw ddiwrnod," meddai. Ond does dim amser i bendroni ynghylch hynny nawr. Ry'n ni'n symud i'r tŷ newydd fory ac rwy'n methu aros!

Dydd Mercher, Mawrth 15

Mae ein cartre newydd i'r gorllewin o Bank Top. Mae'n sefyll ar fryncyn bach yng nghanol rhes o fythynnod, tua milltir o'r pentre. Mae'n edrych yn hen ond mae wedi ei adeiladu'n soled o garreg, fel y tai eraill i gyd. Cawsom help llaw Peter Cooke i symud. Mae'n ddyn mawr, mwy na Dad, a dyw e ddim yn edrych fel nyddwr. Gofynnais iddo beth oedd ei fwriad yn America a dwedodd ei fod am brynu darn o dir yn y Gorllewin ac adeiladu tŷ arno. Mae tir yn rhad yno, ac mae ganddo gynilion. Gwenais. Mae'n edrych fel ffermwr.

Mae'r bwthyn yn fach o'i gymharu â thŷ'r Cookes. Mae dwy stafell ar y llawr isaf – stafell fyw a lle i storio bwyd. Dim cegin. Dim dŵr na nwy'n dod i'r tŷ. Dim ffwrn. Rhaid nôl dŵr o'r ffynnon, rhyw ddeg munud o'r bwthyn. Ar y llawr uchaf mae dwy stafell arall. Mae'r waliau wedi'u gwyngalchu ond mae angen eu hail-wneud yn fuan. Nodiodd Mam ei phen wrth fynd o un stafell i'r llall. Doedd gen i ddim syniad beth oedd ei hargraff o'r tŷ, ond er nad yw e cystal â thŷ'r Cookes, mae'n well na'r disgwyl. Mae'r ardd yn eitha bach ac wedi tyfu'n wyllt ac mae wal gerrig yn y pen pella. Tu hwnt i'r wal i'r gorllewin mae rhostir a bryniau. Wrth sefyll allan yno gyda Tad-cu, caeais fy llygaid a cheisio dychmygu'r olygfa yn yr haf. Anghofiais am yr ysgol, a'r gwaith yn y felin. Mae hyn yn mynd i swnio'n rhyfedd, ond wrth sefyll yno a gwynt oer Mawrth yn chwythu ar fy wyneb, ro'n i'n teimlo o'r diwedd 'mod i'n sefyll yng nghefn gwlad plentyndod Tad-cu.

Galwodd Mam arnon ni i fynd i'r tŷ i lanhau'r grât a chynnau tân. Mae digon o lo yma ac mae'n ddigon hawdd cael brigau gerllaw. Helpodd y Cookes ni i lanhau'r bwthyn; roedd e'n eitha brwnt. Ac mae'n dipyn o daith i gario'r dŵr o'r ffynnon!

Pan ddaeth Dad adre edrychodd yn bryderus ar Mam i weld sut roedd hi'n teimlo. "Wel, does dim cegin, dim ffwrn, mae'n dipyn o daith i nôl dŵr, ac mae'n eitha bach," meddai. Ond yna gwenodd yn araf. "Ond does dim tŷ arall tu ôl iddo ac mae 'na ardd. Rwy wrth fy modd." Roedd y rhyddhad yn amlwg ar wyneb Dad!

Dydd Sul, Mawrth 19

Gadawodd y Cookes yn gynnar heddiw ac roedd pawb yn drist i'w gweld nhw'n mynd. Ry'n ni wedi dod yn ffrindiau da mewn amser byr. Maen nhw wedi addo sgrifennu, ond roedden ni i gyd yn ddigalon iawn wrth eu helpu nhw i lwytho'r gert ar gyfer cam cyntaf y daith i America. Neithiwr sgrifennais lythyr at Jac ac mae Mr Cooke wedi addo ei roi iddo. Rwy'n dechrau'n y gwaith fory. Daeth yr hen deimlad arswydus drosta i eto ac es i fyny i'r llofft i gael noson gynnar.

Dydd Llun, Mawrth 20

Codi am 4.30. Roedd hi mor oer a thywyll a chefais drafferth i wisgo â 'mysedd i mor rhewllyd. Ro'n i'n cenfigennu wrth Emmy'n cysgu'n braf yn y gwely. Mae'r dydd yn ymestyn ond mae'n daith hir ac oer i'r gwaith; roedd fy nwylo a 'nhraed yn goch a bron yn gwbl ddideimlad erbyn cyrraedd y felin. Wrth gerdded i mewn i'r iard sylwais ar waliau cerrig llwm o 'mlaen i. Do'n i ddim eisiau eu gweld nhw, ond ro'n i'n dychmygu fy mod i'n clywed sgrech yr injan, a chlindarddach y cannoedd o beiriannau nyddu a fframiau gwau sydd i'w clywed hyd yn oed yn y stafell gribo.

Ar ôl amser brecwast, cariwyd tybiau o ddŵr poeth – a sebon a thywelion – a'u gosod yn barod i olchi. Mae'n amlwg fod hwn yn lle gwell o lawer i weithio ynddo. Mae rhestr o reolau ar y wal, ac mae'r dirwyon am eu torri'r un fath ag o'r blaen, ond does neb yn cael trafferth eu darllen yma. Mae'r stafelloedd wedi eu hawyru – hyd yn oed y tai bach! A does dim problem fflwff yn y dŵr yfed. Roedd hwnnw'n cael ei newid sawl gwaith y dydd. Roedd hi'n dda medru yfed dŵr glân ac anadlu aer clir nad yw'n eich tagu chi.

Mae'n rhy bell i fynd adre am ginio felly prynais bastai yn y siop a mynd allan i'w bwyta yn yr iard, gan lapio'r siôl yn dynn o gwmpas f'ysgwyddau. Yna daeth Bridget – y ddynes sy'n gweithio gyda fi – a dangosodd hi'r gerddi ar bwys y felin lle mae'r Ashworths yn tyfu ffrwythau a llysiau. Mae 'na dai wedi eu gwneud o wydr i dyfu'r ffrwythau – eirin gwlanog a grawnwin, meddai Bridget. Mae angen gwres i'w tyfu, meddai, pan holais am y tai gwydr. Dwedais fod y gerddi'n hardd iawn ac y byddai'n well gen i weithio'n yr ardd nag yn y felin. Chwarddodd, ond edrychodd yn ddigon rhyfedd arna i.

Dyw'r gweithwyr yn y stafell gribo ddim yn siŵr sut i 'nhrin i. Maen nhw wedi clywed sôn 'mod i'n dod o Fanceinion ac mae rhai'n cadw draw. Ond merch y wlad ydw i yn y bôn, a rhyw ddiwrnod fe ddôn nhw i sylweddoli hynny.

Dydd Mercher, Mawrth 29

Deffrais bore 'ma i weld eira dros bob man. Daliais fy ngwynt. Roedd yn drwch yn yr ardd ond doedd e ddim yn ddwfn iawn ar ôl mynd allan i weld, er ei bod hi'n anodd dilyn y llwybr i'r felin. Cyrraedd y gwaith heb deimlad yn fy mysedd a 'nhraed ac roedd hem fy ffrog yn wlyb domen. Helpodd pawb wedyn i glirio eira o'r ffordd sy'n rhedeg o'r pentref i'r felin. Bore 'ma cafodd y cartiau drafferth cyrraedd y felin â'u llwythau o gotwm crai a heno rhaid iddyn nhw deithio 'nôl eto'n cario'r defnydd.

Ym Manceinion mae'r eira'n troi'n frown o fewn dim. Ond yma mae'r caeau'n aros yn wyn a glân. Ro'n i'n poeni am yr ardd, ond dwedodd Tad-cu fod yr eira'n gwarchod y planhigion rhag y barrug. "Mae'r eira fel blanced braf drostyn nhw," meddai. Mae bywyd y wlad mor rhyfedd ac anghyfarwydd ac mae gen i gymaint i'w ddysgu.

Dydd Sul, Ebrill 2

Aethon ni i'r capel heddiw. Y teulu cyfan! Ro'n i'n
amau y byddai Mam yn creu ffwdan pan ddwedodd Dad
ei fod am iddi ddod gydag e, ond fe gytunodd hi'n
ddigon rhwydd, er ei bod hi'n lladd ar gapelwyr yn aml.
Ro'n i bron â mynd drwy'r llawr!

Dydd Sadwrn, Ebrill 8

Yr eira wedi diflannu o'r diwedd, ond roedd y dŵr yn y
bwced yn dal wedi rhewi y bore 'ma. Mae egin bach
gwyrdd yn dechrau ymddangos yn yr ardd. Rwy'n
teimlo'n gyffrous wrth weld arwyddion cynta'r gwanwyn.
Byddwn ni'n plannu comffri a mintys y graig a blodau'r
gwenyn cyn bo hir. A phan ddaw'r tywydd cynhesach bydd
Tad-cu'n dangos ble gallwn ni ddod o hyd i'r blodau a'r
planhigion gwyllt i leddfu'r boen yn ei ddwylo.

Roedd y tŷ fel pìn mewn papur pan gyrhaeddais adre!
Ro'n i wedi ofni y byddwn i'n gorfod helpu gyda'r

glanhau, ond roedd Emmy wedi helpu Mam bore 'ma. Roedd balchder yn ei llais hi, ac mae'r cwbl wedi'i wneud, hyd yn oed y gwaith carreg-galed! Dyw e ddim yn cymryd cymaint o amser â'r tŷ yn Ancoats, meddai Mam. Doedd dim angen golchi'r waliau a'r celfi bob wythnos. Ro'n i mor falch oherwydd roedd hyn yn rhoi amser i fi ddarllen y llyfr a fenthycais o'r llyfrgell. *Oliver Twist* yw enw'r llyfr – nofel newydd gan rywun o'r enw Charles Dickens. Ro'n i yn fy nagrau ddoe wrth ddarllen hanes y plentyn amddifad ac mae'n anodd rhoi'r llyfr i lawr.

Mae'r llyfrgell yn anhygoel! Mae pob math o lyfrau yno: y Beibl, wrth gwrs, a llyfrau crefyddol, ond llyfrau eraill hefyd, a phapurau newyddion. Do'n i ddim yn gwybod ble i droi ar y dechrau ond daeth dynes o'r enw Mrs Dawes ata i i helpu. Roedd hi'n fy atgoffa i o Miss Croom, a chyn pen dim ro'n i wedi adrodd hanes yr ysgol a chymaint ro'n i'n colli bod yno. Teimlais braidd yn chwithig wedyn, ond gwenodd arna i'n garedig a holi mwy amdana i a pha fath o lyfrau oedd yn mynd â'm bryd i. Rwy'n benderfynol nawr o ddarllen mwy – nid rhyw nofelau bach gwirion fel rhai Sara, ond llyfrau gwerth chweil. Dwedodd Mrs Dawes ei bod hi'n dysgu'n yr ysgol – ac y byddai'n hoffi cael fy marn i am y llyfr ar ôl i mi orffen! Ro'n i wedi gwirioni ar y lle – roedd fy mhen yn y cymylau ac roedd hi wedi tywyllu erbyn i fi gyrraedd adre.

Meddyliais am William heno wrth i mi eistedd wrth y bwrdd bwyd. Fe fyddai e wedi bod wrth ei fodd yma. Ry'n ni i gyd wrth ein boddau yma, er ein bod ni'n poeni am Mam. Weithiau mae hi'n dawel ac yn mynd i'w chragen. Dyw hi ddim wedi gwneud fawr o ymdrech i gwrdd â'r cymdogion newydd, ac mae'n siŵr fod y diwrnodau'n teimlo'n hir ac unig heb neb ond Tad-cu'n gwmni iddi.

Dydd Sul, Ebrill 23

Daeth Bridget draw i gael te heddiw. Mae Mam a hithau'n cyd-dynnu'n dda iawn. Dydw i ddim yn cofio gweld Mam mor siaradus. Gwrandawais arnyn nhw'n rhannu hanesion am Bolton a Manceinion. Roedd Mam yn siarad bymtheg y dwsin – oherwydd doedd Bridget ddim wedi bod ym Manceinion o'r blaen. Erioed! Doedd hi ddim wedi gadael Bolton tan iddi ddod i weithio yma. Agorodd ei llygaid led y pen pan glywodd hi hanes y terfysgoedd.

"Daeth y streicwyr yma hefyd," meddai Bridget. "Ond doedd dim trafferthion – druan ohonyn nhw; roedden nhw mor llwglyd fe aethon nhw i dŷ Mr Ashworth i erfyn am fara. Digon parchus serch hynny, medden nhw. Wnaethon nhw ddim cyffwrdd blaen bys yn un o'r ffrwythau! Roedd rhaid cau'r felin, cofiwch, ond roedd pawb 'nôl erbyn yr wythnos ganlynol. Doedd 'run ohonon ni am streicio."

Dwedodd Mam y byddai wrth ei bodd yn byw ynghanol y pentre. "Rwy'n gweld eisiau'r dre mewn ffordd," meddai. "Mae mor dawel yma. Ro'n ni wedi gobeithio cael byw ym mwthyn y Cookes ar ôl iddyn nhw ymfudo, ond yn anffodus roedd e wedi'i addo i rywun arall."

Dydd Mawrth, Ebrill 25

Pan fyddwn ni'n dod adre o'r felin weithiau, bydd Mam yn disgwyl amdanon ni ar stepen y drws, yn wên o glust i glust. Fel petai wedi cau'r flwyddyn a aeth heibio allan o'i chof. A dyw Mam a Dad byth yn ffraeo – fel roedden nhw ym Manceinion – a does neb yn sôn gair am y Siartwyr. Dydw i ddim yn credu fod Dad hyd yn oed yn darllen y copïau o'r *Northern Star* sy'n y llyfrgell. Gwelais gopi yno ddoe pan es i newid fy llyfr. Roedd hi'n rhyfedd ei weld yn gorwedd yno. Dechreuais ei ddarllen ond llifodd yr atgofion yn ôl – Mam a Dad yn ffraeo, y streic, a'r cythraul Bob Wavenshawe. Rhois i e i lawr yn gyflym – ro'n i eisiau anghofio'r cwbl i gyd.

Dydd Sadwrn, Ebrill 29

Mae Mr Ashworth wedi bod yn siarad â Dad – amdana *i*! Roedd wedi clywed gan Mr Harris, y goruchwyliwr, 'mod i'n hoffi darllen a 'mod i'n weithwraig ddyfal. Dwedodd Dad 'mod i'n arfer gwneud yn dda iawn yn yr ysgol a bod yr athrawes o hyd yn canmol. Roedd diddordeb mawr gan Mr Ashworth, meddai Dad. Mae e'n mynd i gael gair â Mrs Dawes amdana i. Allwn i ddim credu 'nghlustiau! Cofiais eiriau Miss Croom cyn gadael Manceinion. "Rhaid cymryd pob cyfle pan ddaw e." Ydy'r cyfle wedi dod? Ddyddiadur bach, a ddaw'r cyfle rywbryd? Neu ai merch y felin fydda i am byth? Dydw i ddim yn gwybod yr atebion ond rwy'n teimlo ychydig yn hapusach erbyn hyn. Wn i ddim beth sydd wedi fy newid i. Nid geiriau Mr Ashworth yn unig. Na'r help gefais i gan Mrs Dawes. Efallai mai byw yn y wlad sydd wedi agor fy llygaid. Neu'r ffaith 'mod i'n aeddfedu o'r diwedd? Efallai y bydda i'n athrawes ryw ddiwrnod.

Efallai fod rhai breuddwydion yn dod yn wir wedi'r cwbl . . .

Mae'r dyddiadur wedi bod yn gymaint o gysur i fi. A nawr mae e bron â dod i ben. Dim ond un lle bach gwag i ysgrifennu sydd ar ôl. Ond gorau i gyd, efallai, oherwydd mae'n rhaid i fi sgrifennu at Jac – cyn iddi dywyllu gormod.

Nodyn Hanesyddol

Ar ddechrau'r ddeunawfed ganrif doedd dim diwydiant fel sy'n gyfarwydd i ni heddiw ym Mhrydain. Gweithiai'r rhan fwyaf o bobl ar y tir, ac roedd y nyddu a'r gwehyddu yn digwydd gartref. Ychydig iawn o beiriannau oedd ar gael a doedden nhw ddim yn effeithiol nac yn gyflym. Ond wrth i'r ganrif fynd yn ei blaen, newidiodd y sefyllfa'n raddol. Cynyddodd y boblogaeth, ac yn sgil hynny daeth mwy o alw am fwyd, am ddefnydd rhad ac am nwyddau eraill. Datblygwyd dulliau gwell o ffermio a pheiriannau mwy effeithiol i gwrdd â'r gofyn. Oherwydd yr holl newidiadau ym mywydau'r bobl, galwyd y cyfnod hwn yn "Chwyldro Diwydiannol".

Un o'r nwyddau pwysicaf a gâi eu cynhyrchu ym Mhrydain oedd defnydd cotwm. Roedd cotwm rhad a fewnforiwyd o dramor eisoes wedi disodli gwlân fel y prif ddefnydd ym Mhrydain, ond ar ddechrau'r ddeunawfed ganrif roedd y dull o'i gynhyrchu gartref yn waith blinderus ac araf iawn. Ond gyda 'Gwennol Hedegog' John Kay, cyflymwyd y broses o nyddu cotwm a gwlân. Yna, yn 1764, dyfeisiodd James Hargreaves y Ffrâm Nyddu. Gyda'r ddyfais hon fe allai un gweithiwr nyddu cymaint â gwaith wyth person ar y droell nyddu draddodiadol. Wrth i'r ganrif fynd rhagddi dyfeisiodd

Arkwright y Ffrâm Ddŵr, Crompton y Peiriant Nyddu a Cartwright y Peiriant Gwehyddu, ac felly dechreuodd y gwaith nyddu a gwehyddu gael ei drosglwyddo'n raddol o'r cartref i'r ffatrïoedd – neu felinau fel y'u gelwid.

Adeiladwyd y rhan fwyaf o'r melinau cotwm newydd yng Ngogledd Lloegr. Roedd angen dŵr a glo i weithio'r peiriannau ac roedd y ddau ar gael yn gyfleus yma. Ac, yn bwysicach fyth, roedd hinsawdd laith y gogledd yn help i atal yr edafedd cotwm rhag torri.

Roedd pŵer i'r melinau cynharaf yn cael ei gynhyrchu gan olwynion dŵr. Ond gyda gwelliannau James Watt i Injan Stêm Newcomen, trawsnewidiwyd y diwydiant yn llwyr. Daeth pŵer stêm yn lle pŵer dŵr. Roedd yr injan stêm newydd yn medru gyrru mwy o beiriannau, ond roedd angen cryn dipyn o lo i'w rhedeg. Felly naill ai roedd rhaid i'r melinau newydd fod yn agos at y meysydd glo, neu roedd rhaid darganfod modd i'r glo gyrraedd y melinau'n ddidrafferth. Gyda mwy o gamlesi, a rheilffyrdd yn ddiweddarach, daeth yn haws cludo glo a nwyddau cotwm o'r warysau i'r ffatrïoedd a'r marchnadoedd. Agorwyd rhagor o felinau a thyfodd trefi o'u cwmpas. Ond roedd angen un peth arall – pobl.

Roedd y melinau gwledig cynnar yn cael trafferth dod o hyd i weithwyr, a rhaid oedd dibynnu ar y "prentisiaid" i weithio'r peiriannau. Plant oedd y rhain, yn aml o rannau eraill o Brydain lle nad oedd gwaith iddyn nhw na'u teuluoedd. Nid "prentisiaid" oedden nhw yng ngwir ystyr y gair, ond gweithwyr rhad, ac roedden nhw'n cael eu trin yn wael. Bu'n rhaid aros tan 1802 cyn pasio'r Ddeddf Ffatrïoedd gyntaf a geisiodd wella amodau'r gweithwyr trwy leihau'r oriau gwaith i ddeuddeg y dydd.

Ond wrth i'r ganrif fynd yn ei blaen, gorfodwyd mwy o'r werin bobl i weithio yn y melinau. Roedd yr amodau byw a'r amodau gwaith yn ofnadwy a'r trefi'n dal i dyfu. Bu'n rhaid codi tai rhad ar gyfer y cannoedd a lifai i mewn i'r trefi i chwilio am waith, a gorfodwyd pobl i gyd-fyw mewn tai bychain – nifer o deuluoedd mewn un ystafell weithiau, neu mewn un seler hyd yn oed. Roedd cadw'r tai'n lân yn waith anodd; doedd dim cyfleusterau coginio o unrhyw werth, ac weithiau roedd stryd gyfan, neu "glos", yn rhannu'r un tŷ bach. Deuai dŵr o dap neu bwmp allan ar y stryd, neu'n syth o'r gamlas. Teflid sbwriel i'r stryd ac anaml y byddai'n cael ei gasglu. Roedd ffatrïoedd dirifedi'n chwydu mwg du o fore gwyn tan nos ac yn llygru'r aer. Does dim syndod fod afiechydon yn rhemp.

Prin iawn oedd y meistri oedd yn poeni am oriau hir a chyflogau pitw'r gweithwyr.

Roedd llawer o bobl yn anfodlon gweithio yn y ffatrïoedd a byddent yn parhau i weithio gartref – y nyddwyr gwŷdd llaw yn bennaf, a fu'n cynhyrchu brethyn i'r melinau am ran helaeth o'r bedwaredd ganrif ar bymtheg. Ond wrth i beiriannau nyddu mwy effeithiol gyrraedd y melinau, doedd y nyddwyr llaw ddim yn medru cynhyrchu defnydd yn ddigon cyflym a bu raid iddyn nhw chwilio am waith arall neu fodloni ar dderbyn tâl pitw am eu gwaith. Prin iawn oedd y gwaith yn y diwydiant cotwm i ddynion oedd yn nyddu â llaw. Erbyn y cyfnod hwn câi'r gwaith ei wneud gan fenywod a phlant yn bennaf – roedden nhw'n rhatach i'w cyflogi a doedd dim angen cymaint o nerth braich i weithio'r peiriannau, ar wahân i'r fframau nyddu â llaw.

Wrth i'r bedwaredd ganrif ar bymtheg fynd rhagddi, datblygwyd y peiriannau ymhellach fel nad oedd angen cynifer o bobl i'w gweithio. Arweiniodd hyn at fwy o ddiweithdra a newyn.

Ond roedd amryw o weithwyr yn benderfynol o newid pethau. Yn y 1730au, oherwydd y gred y byddai'r peiriannau'n disodli gweithwyr, torrodd criw i mewn i dŷ John Kay a malu ei eiddo. Gorfodwyd John Kay i ffoi i Ffrainc. Yna, yn nechrau'r bedwaredd ganrif ar bymtheg, aeth gweithwyr o gwmpas y wlad yn llosgi ffatrïoedd a malurio peiriannau. Ludiaid oedd yr enw a roddwyd ar y bobl hyn, ar ôl Ned Lud, eu harweinydd (dychmygol, mae'n debyg). Daeth mwy o derfysgoedd ac o aflonyddu yn sgil hyn – yng Nghaeau Spa yn Llundain yn 1811, ac yna yn 1819 pan ddaeth gweithwyr o'r melinau at ei gilydd yng Nghaeau Sant Pedr ym Manceinion i wrando ar yr areithiwr Henry Hunt. Cafodd yr ynadon lleol gymaint o fraw fel y danfonwyd Iwmyn y Gard a milwyr cyffredin yno i arestio Hunt. Lladdwyd un ar ddeg ac anafwyd cannoedd o bobl yn y cythrwfwl. Am flynyddoedd wedyn, cafwyd gorymdaith flynyddol gan y Siartwyr drwy strydoedd Manceinion i gofio am Gyflafan Peterloo. Oherwydd het wen Hunt a'r rubanau gwyrdd y mabwysiadodd y Siartwyr y lliwiau hynny i gynrychioli'r mudiad.

Tyfodd mudiad y Siartwyr o fudiadau radicalaidd cynnar fel y rhain. Credai'r Siartwyr y byddai rhoi'r hawl i bleidleisio i'r gweithwyr yn arwain at well amodau byw ac amodau gwaith. Yn y cyfnod hwn, doedd gan y mwyafrif ddim pleidlais ac ni châi'r werin bobl fod yn ymgeiswyr seneddol. Roedd y Ddeddf Ddiwygio, a basiwyd yn 1832, wedi ehangu'r hawl i bleidleisio, ond doedd gan y gweithwyr cyffredin (na'r gwragedd) ddim dylanwad ar bwy oedd yn rhedeg y wlad.

Enwyd mudiad y Siartwyr ar ôl Siarter y Bobl, a luniwyd gan ddau o sylfaenwyr y mudiad, sef William Lovett, saer celfi, a Francis Place, a oedd yn ben-teiliwr. Prif amcanion y Siarter (yr enwog "Chwe Phwynt") oedd:

Y bleidlais i bob dyn dros 21 oed.
Etholiad Cyffredinol blynyddol.
Pleidlais gudd mewn etholiadau.

Diddymu'r amod fod rhaid i Aelodau Seneddol fod yn berchen eiddo.

Talu Aelodau Seneddol.

Etholaethau mwy cyfartal.

Ymdrechodd y Siartwyr dair gwaith i basio'r Siarter drwy'r Senedd.

Roedd y "Ddeiseb" gyntaf, a gyflwynwyd i'r Senedd yn 1839, yn dair milltir o hyd ac roedd arni dros filiwn o enwau. Ond cafodd ei gwrthod gan y Senedd ac achosodd hynny derfysgoedd. Carcharwyd y prif arweinwyr a phylodd y mudiad. Ond ceisiodd un arweinydd, sef perchennog tir o Iwerddon o'r enw Fergus O'Connor, ailgodi'r mudiad. Llwyddodd i wneud hyn yn rhannol drwy sefydlu papur y Siartwyr –*The Northern Star* – yn 1838. Ar ôl cael ei ryddhau o'r carchar ffurfiodd Gymdeithas Genedlaethol y Siarter ("NCA") a ddaeth â grwpiau o Siartwyr lleol a chymdeithasau'r gweithwyr at ei gilydd. Rhoddwyd cerdyn i bob aelod ac arno'r geiriau canlynol: "Dyma ein Siarter, Duw sy'n ein tywys."

Roedd O'Connor yn arweinydd dylanwadol a charismataidd, ac yn siaradwr o fri. Ond roedd rhai o'r arweinwyr mwy cymhedrol fel Lovett a Place yn anghytuno â'i barodrwydd i gefnogi trais petai protestio heddychlon yn methu.

Ar yr ail o Fai 1842 cyflwynwyd deiseb arall i'r Senedd.

Y tro hwn roedd dros dair miliwn o enwau arni, yn ddynion a gwragedd, ond pan gafodd ei gwrthod eto aeth gweithwyr ar streic ym mis Awst. Ers rhai blynyddoedd gwelwyd cwymp yn y galw am gotwm ac roedd y diwydiant mewn argyfwng. Aeth pethau'n waeth oherwydd cynaeafau gwael a chododd pris bwyd. ("Y Pedwar degau Newynog" oedd yr enw ar y cyfnod hwn.) Gorfodwyd rhai gweithwyr i weithio'n rhan-amser neu golli eu swyddi. Roedd undebau gan rai crefftwyr, ond yn wahanol i heddiw doedd ganddyn nhw fawr o bŵer. Cafodd cynifer o weithwyr eu diswyddo fel nad oedd fawr ddim y medrai'r undebau ei wneud i helpu eu haelodau. Cafodd hyn effaith ar bob math o weithwyr, nid yn unig y gweithwyr cotwm ond glowyr, siopwyr, gwystlwyr, crefftwyr a labrwyr hefyd. Roedd trefi mawr fel Manceinion yn denu llawer o Wyddelod oedd yn chwilio am waith, ac a oedd wedi dianc oddi wrth amgylchiadau gwaeth o lawer yn eu gwlad eu hunain.

O dan yr hen drefn o roi cymorth i'r tlodion, byddai'r digartref yn cael help gan y plwyf. Ond pasiwyd Deddf Newydd y Tlodion yn Lloegr yn 1834, a'r dewis i'r di-waith oedd naill ai mynd i'r wyrcws neu fynd adref i wynebu gwaeth tlodi. Ymunodd llawer â mudiad y Siartwyr ac roedd eraill – cynhyrchwyr, bancwyr a dynion busnes yn bennaf – yn cefnogi Cynghrair Diddymu'r Deddfau Ŷd (ACLL).

Roedd y Deddfau Ŷd wedi cadw pris grawn a bwyd yn uchel tu hwnt ers diwedd rhyfeloedd Napoleon, ac felly wedi gostwng y galw am gynnyrch ffatri gan fod rhaid i bobl wario mwy o'u cyflogau ar fwyd. Roedd y Gynghrair felly'n galw am ddiddymu'r Deddfau Ŷd. Drwy wneud hyn, roedden nhw'n dadlau y gallen nhw leihau'r costau a gwerthu mwy o'u cynnyrch ym Mhrydain a thramor.

Manceinion a threfi diwydiannol cyfagos oedd canolbwynt y gweithgarwch gwleidyddol. Yn ystod haf 1842, cynhaliwyd cyfarfodydd torfol gan wahanol fudiadau. Yna, ym mis Awst, penderfynodd rhai o'r meistri cotwm gwtogi cyflogau. Dechreuodd streiciau a therfysgoedd yn y trefi diwydiannol ac fe'u galwyd yn derfysgoedd "Cynllwyn y Plwg" oherwydd fod gweithwyr y melinau yn tynnu'r plygiau o'r boeleri er mwyn atal yr injans stêm rhag cyflenwi pŵer i'r peiriannau. Lledodd y streic yn gyflym o'r melinau i'r gweithfeydd glo a diwydiannau eraill gan argyhoeddi'r llywodraeth taw'r Siartwyr oedd y tu ôl i'r streic. Mewn gwirionedd, bu llawer o anghytuno ynglŷn â rôl y Siartwyr yn y streic. Cynhaliodd y Siartwyr lawer o gyfarfodydd mewn trefi fel Manceinion yn ystod y streic, ond newyn a thlodi yn y diwedd a achosodd i'r gweithwyr ildio a dychwelyd i'r gwaith.

Yn 1848 – cyfnod o chwyldro a therfysg yn Ewrop –

cafwyd un ymdrech olaf gan y Siartwyr. Cynhaliwyd cyfarfod ar Gomin Kennington a chyflwynwyd Siarter arall i'r Senedd. Honnwyd fod dros chwe miliwn wedi ei harwyddo, ond wedi ei harchwilio'n fanwl gwelwyd bod llawer o'r enwau arni'n rhai ffug (y Frenhines Fictoria, Trwyn Fflat a Wyneb Smwt yn eu plith!) a chafodd y ddeiseb ei gwrthod am y trydydd tro. Ar ôl hyn, gwelwyd y mudiad yn graddol chwythu ei blwc. Ond er i'r mudiad ddod i ben, daeth pob un o'r "Chwe Phwynt" yn ddeddf yn y pen draw, heblaw un (sef etholiadau blynyddol). Yn ystod y bedwaredd ganrif ar bymtheg hefyd daeth yr undebau'n fwy pwerus, cyfreithlonwyd streiciau a gwelwyd gwelliant o ran amodau gwaith yn y melinau, y ffatrïoedd a'r gweithfeydd glo. Ond bu'n rhaid aros blynyddoedd lawer cyn gweld gwelliant gwirioneddol yn amodau byw'r gweithwyr cotwm.

Dyddiadau

1733: John Kay yn dyfeisio'r Wennol Hedegog.

1764: James Hargreaves yn dyfeisio'r Ffrâm Nyddu.

1769: Ffrâm Ddŵr Richard Arkwright.

Injan stêm ddiwygiedig James Watt.

1779: Samuel Crompton yn dyfeisio'r Peiriant Nyddu.

1785: Edmund Cartwright yn dyfeisio'r Peiriant Gwehyddu.

1789: Adeiladu'r felin gotwm gyntaf i ddefnyddio pŵer stêm.

1802: Y Ddeddf Ffatrïoedd gyntaf. Mae'n pennu diwrnod deuddeg awr i brentisiaid yn y ffatrïoedd.

1819: Deddf Ffatrïoedd newydd yn cyfyngu oriau gwaith plant o dan un ar bymtheg oed i ddeuddeg awr y dydd (mewn melinau gwehyddu).

1833: Deddf Ffatrïoedd arall. O dan y ddeddf hon, ni ellid cyflogi plant dan naw oed yn y melinau gwehyddu. Gallai plant rhwng naw a thair ar ddeg oed weithio hyd at naw awr y dydd a chael dwy awr o addysg, a châi plant rhwng tair ar ddeg a deunaw oed weithio hyd at ddeuddeg awr y dydd. Penodwyd arolygwyr ffatrïoedd i sicrhau fod y Ddeddf yn cael ei gweithredu.

1837: Y Frenhines Fictoria'n dod i'r orsedd.

1839: Cyflwyno Deiseb gyntaf y Siartwyr a'i gwrthod gan y Senedd.

1842: Cyflwyno ail Ddeiseb y Siartwyr i'r Senedd.

Gwrthodwyd hon eto a dechreuodd terfysgoedd yn ardaloedd diwydiannol Prydain – terfysgoedd "Cynllwyn y Plwg".

1844: Sefydlu ysgolion i'r tlodion.

1846: Dechreuwyd y drefn disgybl-athro gan Syr James Kay-Shuttleworth. O dan y cynllun hwn, roedd disgyblion disglair tair ar ddeg oed yn cynorthwyo athrawon. Yn ddeunaw oed caent hyfforddiant mewn coleg i fod yn athrawon.

Syr Robert Peel yn diddymu'r Deddfau Ŷd.

1847: Y Ddeddf Ffatrïoedd "Ddeg Awr" yn dod i rym. Doedd dim hawl gan blant o dan ddeunaw oed na gwragedd a gyflogid yn y melinau gwehyddu i weithio mwy na deg awr y dydd na 58 awr yr wythnos. Ond llwyddodd llawer o gyflogwyr i ddatrys y broblem trwy gael y gweithwyr i weithio fesul shifft.

1848: Gwrthodwyd Deiseb y Siartwyr gan y Senedd am y trydydd tro. Dirywio wnaeth y mudiad o hynny ymlaen.

1874: Deddf Ffatrïoedd Disraeli'n sefydlu diwrnod deg awr i bob gweithiwr.

1891: Addysg elfennol yn rhad ac am ddim i bob plentyn.

1918: Pob dyn dros 21 oed yn cael yr hawl i bleidleisio.

1928: Pob dynes dros 21 oed yn cael yr hawl i bleidleisio.

TREMENDOUS SACRIFICE!

Mae'r cartŵn hwn yn dangos gweithwyr y felin yn cael eu bwydo i mewn i felin gig ac yn dod allan yn y pen arall fel dillad cotwm. Bwriad yr arlunydd, George Cruikshank, oedd dangos pa mor beryglus ac afiach oedd yr amodau gwaith a bod y gweithwyr yn peryglu eu bywydau er mwyn cynyddu cyfoeth y meistri.

Marchnad Stryd Fictoria, Manceinion.

Ystafell gribo. Roedd y peiriannau cribo'n troi'r gwlân cotwm yn rhaffau. Cesglid y rhaffau mewn caniau mawr.

202

Ystafell wehyddu. Roedd y peiriannau hyn yn troi'r rhaffau cotwm yn edau. Yn y llun mae plentyn yn sgubo'r cotwm gwastraff a'r lluch o'r peiriannau. Roedd yn waith peryglus – gallai un camgymeriad bach achosi i weithiwr gael ei daro gan symud di-baid y peiriant.

Llun un o slymiau Manceinion yn y bedwaredd ganrif ar bymtheg. Mae'r plentyn yn gorwedd ar wely o wellt yng nghornel y stafell.

Melin gotwm ar Stryd Great Ancoats, Manceinion.

Fergus O'Connor, un o arweinwyr y Siartwyr.

Deiseb Fawr y Siartwyr yn cael ei chludo i'r Senedd yn Llundain yn 1842.

RULES
TO BE OBSERVED
By the Hands Employed in
THIS MILL.

RULE 1. All the Overlookers shall be on the premises first and last.

2. Any Person coming too late shall be fined as follows:—for 5 minutes 2d, 10 minutes 4d, and 15 minutes 6d, &c.

3. For any Bobbins found on the floor 1d for each Bobbin.

4. For single Drawing, Slubbing, or Roving 2d for single end.

5. For Waste on the floor 2d.

6. For any Oil wasted or spilled on the floor 2d each offence, besides paying for the value of the Oil.

7. For any broken Bobbins, they shall be paid for according to their value, and if there is any difficulty in ascertaining the guilty party, the same shall be paid for by the whole using such Bobbins.

8. Any person neglecting to Oil at the proper times shall be fined 2d.

9. Any person leaving their Work and found Talking with any of the other workpeople shall be fined 2d for each offence.

10. For every Oath or insolent language, 3d for the first offence, and if repeated they shall be dismissed.

11. The Machinery shall be swept and cleaned down every meal time.

12. All persons in our employ shall serve Four Weeks' Notice before leaving their employ; but L. WHITAKER & SONS, shall and will turn any person off without notice being given.

13. If two persons are known to be in one Necessary together they shall be fined 3d each; and if any Man or Boy go into the Women's Necessary he shall be instantly dismissed.

14. Any person wilfully or negligently breaking the Machinery, damaging the Brushes, making too much Waste, &c., they shall pay for the same to its full value.

15. Any person hanging anything on the Gas Pendants will be fined 2d.

16. The Masters would recommend that all their workpeople Wash themselves every morning, but they shall Wash themselves at least twice every week, Monday Morning and Thursday morning; and any found not washed will be fined 3d for each offence.

17. The Grinders, Drawers, Slubbers and Rovers shall sweep at least eight times in the day as follows, in the Morning at 7½, 9½, 11 and 12; and in the Afternoon at 1½, 2½, 3½, 4½ and 5½ o'clock; and to notice the Board hung up, when the black side is turned that is the time to sweep, and only quarter of an hour will be allowed for sweeping. The Spinners shall sweep as follows, in the Morning at 7½, 10 and 12; in the Afternoon at 3 and 5½ o'clock. Any neglecting to sweep at the time will be fined 2d for each offence.

18. Any persons found Smoking on the premises will be instantly dismissed.

19. Any person found away from their usual place of work, except for necessary purposes, or Talking with any one out of their own Alley will be fined 2d for each offence.

20. Any person bringing dirty Bobbins will be fined 1d for each Bobbin.

21. Any person wilfully damaging this Notice will be dismissed.

The Overlookers are strictly enjoined to attend to these Rules, and they will be responsible to the Masters for the Workpeople observing them.

WATER-FOOT MILL, NEAR HASLINGDEN.
SEPTEMBER, 1831.

J. Read, Printer, and Bookbinder, Haslingden.

Rheolau a dirwyon y felin. Roedd rheolau llym i holl weithwyr y melinau. Caent eu harddangos ar bosteri fel hwn, a phe torrid un o'r rheolau byddai gweithwyr yn cael eu dirwyo neu eu diswyddo.

TO THE FUSTIAN JACKETS, BLISTERED HANDS, AND UNSHORN CHINS

MY BELOVED FRIENDS,

ON the 11th of May I was snatched from you by the ruthless arm of tyranny; on Monday next I shall be restored to you by the hand of Providence, and upon that day you shall judge for yourselves whether nearly sixteen months of solitary-mind, solitary-confinement in a condemned cell, in a felon's prison, and treated brutally and in violation of every rule by which prison discipline is administered to the worst of felons, has damped my ardour, or slackened my zeal. On Monday you shall judge whether oppression has broken O'Connor's heart, or O'Connor has broken oppression's head. Till then, farewell. *On leaving you, my motto was Universal Suffrage and no Surrender.* On joining you once more, the same words shall be upon my banner. O! Monday will be a great and glorious day for Chartism and right. I shall, with God's help, aided by the people's prayers, gain a giant's strength, 'twixt this and the hour for which I pant.

Ever your fond and devoted friend,

To the death,

FEARGUS O'CONNOR.

York Castle, 25th of 16th month of confinement in the Condemned Cell.

Llythyr Fergus O'Connor a ysgrifennwyd at y Siartwyr o garchar. Fe'i cyhoeddwyd ym mhapur newydd y Northern Star.

Cydnabyddiaethau'r Lluniau

t. 201   Tremendous Sacrifice! George Cruikshank, Bettmann/Hulton

t.202 (top)   Marchnad Stryd Fictoria, Llyfrgell Ganolog Manceinion, Uned Astudiaethau Lleol

t.202 (gwaelod)   Cribo, Llyfrgell Ganolog Manceinion, Uned Astudiaethau Lleol

t.203   Gwehyddu, Llyfrgell Ganolog Manceinion, Uned Astudiaethau Lleol

t.204 (top)   Golygfa slym ym Manceinion, *Illustrated London News*, Llyfrgell Lluniau Mary Evans

t.204 (gwaelod)   Mr Pollards Cotton Twist Mill, Ancoats, Llyfrgell Ganolog Manceinion, Uned Astudiaethau Lleol

t.205 (top)   Fergus O'Connor, Llyfrgell Luniau Mary Evans

t.205 (gwaelod)   Deiseb Fawr 1842, gyda chaniatâd Amgueddfa Hanes y Bobl

t.206   Rheolau'r Felin, gyda chaniatâd Amgueddfa Hanes y Bobl

t.207   Llythyr Fergus O'Connor i'r *Northern Star*, gyda chaniatâd Amgueddfa Hanes y Bobl

Mae nifer o bobl a chymdeithasau wedi fy nghynorthwyo gyda'm hymchwil i'r llyfr hwn. Hoffwn ddiolch yn arbennig i'r canlynol: Cecil Black, Duncan Broady (Amgueddfa Heddlu Manceinion), Frances Casey (Amgueddfa Genedlaethol y Fyddin), Adam Daber a'r staff yn Quarry Bank Mill (Yr Ymddiriedolaeth Genedlaethol), Styal, Kate Dickson a Steve Little (Ymddiriedolaeth Cadwraeth Adeiladau Ancoats), Ian Gibson a'r staff yn Amgueddfeydd Tecstiliau Helmshore, Sir Gaerhirfryn, Uned Astudiaethau Lleol Llyfrgell Ganolog Manceinion, Amgueddfa Arforol Glannau Merswy, Lerpwl, Andy Pearce (Amgueddfa Hanes y Bobl, Manceinion), Yr Athro M. E. Rose (Prifysgol Manceinion), Ray Walker (Llyfrgell Mudiad y Dosbarth Gweithiol, Salford), Pauline Webb (Amgueddfa Gwyddoniaeth a Diwydiant, Manceinion).

    Mae'r awdur am ddiolch i Jill Sawyer yn Scholastic ac i Ali Evans am olygu'r llyfr gwreiddiol.